えこちゃんのドタバタ人生譚

おかの えいこ

幻冬舎 MC

えこちゃんのドタバタ人生譚

はじめに

小生が、國學院大學弓道部四年のとき、弓道場にやって来た新入生。「やめとけ、やめとけ、騙されるなよ」と、忠告したにも拘らず、入部してしまった一見可愛げな女学生。それがまさか小生の妻になろうとは、誰もが思いもよらなかったことである。

その妻も今では七十歳を過ぎ、体重も三割、四割増し？　の重さだが、それ以上に存在価値の重さは何十倍となり、我が家、我が神社ではなくてはならぬ人になっている。その彼女が、自分史を発刊するのだと血迷って、数か月。何とか形になったようだが、私から見るともっともっと面白いことやセンセーショナルなことがあったように思えるが、そこはかなり抑えて起稿した様子。

最近の彼女の話は主語述語が明確でなく、人に迷いを起こさせることがしばしばである。そんな人騒がせな女が書いた自分史なので、足し算、引き算、掛け算、割り算をして笑読して頂けたら有難いと、一筆申し上げ候。

天津神明宮　　岡野哲郎

目次

第一部　新潟での日々

教員一家に生まれる

私が生まれたのは新潟県の南部にある、名立町《なだちまち》という日本海に面した小さな町です（現在は上越市）。母の実家は海に近い町の中心にありましたが、父の家は海から離れた山深いところにありました。父と母は教員をしていて、父の父（祖父）も教員でした。

あるとき祖父が知り合いの先生に、

「うちのあんちゃん（父のこと）に嫁さんいないかね〜」

と相談したところ、その方が母の元勤め先の校長先生だったことから、母を紹介したのだそうです。父と母は八歳年が離れていて、結婚式までほとんど顔を合わせなかったといいます。昔のお見合い結婚では、よくあることだったのかも知れません。

父・義隆は四人姉妹弟の長男として生まれ、祖母に似て穏やかで愛情深い人でした。

一方、母・キクエは六人兄姉妹の末っ子で、頭はよかったもののわがままで気性の激しい人でした。母の話だと、名前は漢字の〝喜久栄〟だったのに、小学校のとき、画数が多くて嫌だと駄々をこね、〝キクエ〟に直してもらったのだそうです。嘘みたいな話ですが昔はそんなことができたようです。

私はそんな両親の三女として、昭和二十六年一月十五日に生まれました。母が小正月で実家に里帰りしているとき、急に産気づいたのだそうです（一月十五日は〝小正月〟といって、嫁に行った娘が、実家に里帰りする習わしがありました）。

「今度こそ男の子と楽しみにしていたのに、また女の子でみんながっかりしたもんだ」

と、母がよく言ったものです。

私が二歳のとき集落に大火があり、家が焼けてしまいました。あいにく父は修学旅行の引率で佐渡に出かけていて、母が勤め先の学校の対応に追われていると、

「家に火がついた！」

という知らせが入り、母が自宅に戻ったときにはすでに手の施しようがなかったそうです。それでも母は二階に駆け上がり、父の燕尾服（モーニング）と買ったばかりのラジオを持ち出したのですが、

「あとはみんな焼けてしまった。お母さんの大事な琴も嫁入り道具も何もかも……」

と当時を振り返るたびに嘆いていました。

幸い私たちは近所の人に連れられ避難していたのですが、母は私たちの居場所が分からないまま海辺近くの実家まで歩いて戻り、眠れない夜を過ごしたそうです。

父の家は祖父が料亭だった建物を買い求めたもので、家の両端に階段があるほど大きな家だったようです。長男に待望のお嫁さんが決まって嬉しかった祖父は、退職金をはたいて立派な家を購入したのかも知れません。

子供の火遊びから始まったボヤは厩《うまや》の藁に燃え移り、馬がびっくりして飛び跳ねたために、火のついた藁が舞い上がって強風に煽られ、あちこちに飛び火して大火事になってしまったのだそうです。

焼け出された私たちは知り合いのお寺さんの二階にお世話になり、あるとき私は何かのはずみで二階の窓から庭に転げ落ち、太ももの骨を折ってしまいました。

名立から車で一時間ほど離れた上越市の病院に運ばれ手術を受け三か月入院。太ももに針金を通され、足をロープで吊られたまま一体私は何を考えていたのか……。残念ながらそのときのことは何一つ覚えていません。

そして退院までの間、仕事の合間を縫って病院に通い続けた父と母もさぞかし大変だっただろうと思います。

名立町から和島村へ

翌年（昭和二十九年）の春、父と母は名立から北に百キロほど離れた、三島郡《さんとうぐん》和島村《わしまむら》（現在は長岡市）の小学校に転勤しました。

村には二つ小学校があり、山あいの小学校に父が、里に近い小学校に母が勤務することになり、私たちは母が勤める小学校の教員住宅に入居しました。住宅が狭かったからか、祖父と祖母は東京・世田谷の叔父（父の弟）の家に身を寄せて行きました。

和島村に引っ越してまもなく、母に手を引かれ近所の方々に挨拶をしている光景を今も覚えています。それが私の幼少時代の記憶の始まりです。

名立町から引っ越した年は、上の姉が小学校に入学する年でした。

上の姉と私は三つ違いで、もう一人、私と一つ違いの次姉（愛称てーちゃん）がいました。次姉は生まれてまもなく脳性小児麻痺に罹り、体が不自由でした。母が勤めていたので名立から母の教え子を連れてきて、お手伝いさんとして次姉の面倒を見てもらいました。

上の姉が学校から帰ってくるまでの間、自由に動けない次姉と私は住宅の横にござを敷き、遠くに見える弥彦山を二人で眺めていたものです。

あるとき、カエルが私たちの横をピョンピョン跳ねて行ったと思ったら、そのあとを蛇が追いかけてきて足を止め（足はないけど）、頭をもたげて私たちをじっと見たのです。逃げることもできずに身を固くしていると、まもなく蛇はカエルのあとを追って去って行きました。ほんの数秒の出来事でしたが、とても恐ろしい経験でした。

それからしばらくして次姉は自分の力で立てるようになり、家族みんなで喜びました。グラグラしながらも必死で立つ次姉の姿を、父が撮影し写真に残しています。ずっと最後まで次姉のことを心配していた優しい父。次姉が一人で立ったときも父が一番嬉しかったのではないかと思います。

和島村に来て三年が経ち、私も小学生になる日がやってきました。次姉も一年遅れて私と一緒に入学し、まだ歩けなかった次姉はお手伝いさんに背負われて学校に通いました。

当時の机は二人用の長机で、次姉と私はいつも隣同士に座り、まるで双子のようでした。次姉は長い時間学校にいることが難しく、午前の授業が終わると家に帰るのですが、なぜか私も一緒に帰ることになっていました。

同級生たちが校庭で遊んでいる姿を横目で見ながら、「もっと学校にいたいな……」と思ったものです。

そして小学二年の秋、次姉は東京・世田谷にある養護学校に転校し寄宿生活をすることになり、和島村を離れて行きました。私も寂しかったですが、家族と離れた次姉の方がもっと寂しかったに違いありません。

仰天続きの小学校時代

次姉がいなくなりお手伝いさんも名立町に戻り、私にとってごく普通の小学校生活が始まりました。

といっても、今の小学生とは大違い。ゲームもなければテレビもないし、電話もなければ車もない。本当にな～んにもないのです。あるのは目の前に広がる田んぼと、道路の真ん中に落ちている牛のフンくらいなものでした（その頃は、田んぼを耕す牛が道路を往来していて、うっかりフンを踏んでしまうと大変なことに！）。

秋になると「稲刈り休み」といって学校が一週間ほど休校になり、子供たちも稲刈りやはざ掛け（高く組まれた木に稲を干す）を手伝ったものです。

冬には住宅の横の段々畑が雪に覆われ格好のスキー場となり、春には桑の実や野イチゴが実り、近所のお兄ちゃんたちに連れられて野山を駆け回ったことを思い出します（ときには畑の中を走り回って農家の方に追いかけられたこともありましたが……）。

教員住宅から学校までは県道をぐるっと周って三分ほどでしたが、あぜ道を真っすぐ行けばもっと早く、裏の山道を使えば誰にも気づかれずに忘れ物を取りに行くことができました。冬には田んぼに積もった雪が凍り、ミシミシ音を立てながら田んぼの中を歩くのがとても楽しかったです（見つかると怒られましたが）。

あるとき、裏山を走っていると蛇を踏みつけそうになり、ビックリ仰天!!!　驚いた蛇も怒って頭をもたげ、しばし二人？　で睨めっこ。

またあるとき、あぜ道を歩いていたら田んぼの中に蛇を発見！　驚いて、あぜ道を戻ろうとすると、あっちにもこっちにも蛇が、うようよ！　うようよ！　蛇の大群に囲まれ、進むことも戻ることもできず、絶体絶命のピンチになってしまいました。

恐怖に震えながらも何とか引き返しましたが、その後も蛇との遭遇はキリがなく（家の中に住みついて朝になると抜け殻が落ちていたり玄関でとぐろを巻いていたり）、こんな経験の積み重ねが、私を大の蛇嫌いにしたのかも知れません。

そしてもう一つ、私には苦手なもの（人？）がありました。それは小学校の用務員のおじさんです。

母が日直のときは、私と姉も学校に行き一日を過ごします。そのとき、用務員さんが私たちを見つけると、ニタニタしながら追いかけてくるのです。

もちろん姉の方が逃げ足速く、捕まるのはいつも私！

「ギャ〜〜〜!!!」

と私が大声で泣き叫ぶと、おじさんはあわてて手を離すのですが、それでも母の日直についいて行くたびに追いかけてくる用務員のおじさんが、私にとっては死ぬほど怖い存在でした。今思うとおじさんは、私たちと遊びたかっただけなのかも知れません。


何年生のときだったか、大きな台風が深夜の和島村を直撃しました。強風で飛ばされそうな住宅のガラス戸を押さえていると、

「学校がつぶれた〜〜〜!!」

と、外から男の人の叫び声が聞こえました。隣の住宅に住んでいた先生が、たまたま宿直で学校に泊まっていたのです。

翌朝外に出てみると、屋根のトタンはすべて剥がされ裏山の木も倒れ込んで、家の周りは足の踏み場もないほどでした。学校は校舎の一部と体育館が倒壊し、しばらく二部授業（二つの学年が同じ教室で午前午後に分かれて授業を受ける）が行われました。

またある年の冬、大雪のため集団下校で早めに帰宅することになり、県道でみんなと別れ自宅までの小道を進んで行くうちに小さな私の体はすっぽり雪に埋まり、身動きがとれなくなってしまいました。今思うと、学校に残り母と一緒に帰ればよかったのでしょうが、そんなことも思いつかず雪に阻まれ大声で泣き叫んでいると、先に帰宅していた中学生の姉がスコップを持って私を助けに来てくれました。もしかしたら行き倒れになっていたかも知れないと思うと、姉に感謝、感謝です。

教員住宅はお風呂が共同で、入居している三世帯が順番にお風呂当番を務めていました。薪《まき》でお湯を沸かす昔ながらのやり方で、父がいないときは上の姉と私がその係でした。かまどの中に薪を入れ、山から拾ってきた小枝や杉の葉や松ぼっくりで火をおこすのですが、それがなかなか上手くいかず、寒い冬の日など姉と二人で震えながら風呂番をしたものです。

台所には小さなガスボンベとコンロがあり、母が食事の支度をしていると突然火が消えかかって大騒ぎ。

「ボンベを揺すりない！（揺すりなさい）」という母の号令のもと、必死になって揺すっていると、わずかに残っていたガスで何とかお湯を沸かすことができるのでした。生ゴミがたまれば裏山に捨てに行き、トイレのおしりふきは新聞紙を使い、冬の暖房は炭炬燵しかなく、もちろん冷蔵庫も扇風機もありません。本当に素朴な生活でした。

対照的な父と母

母は頭もよく（お店の人がレジを打つより母の暗算の方が早い！）、運動神経もあり水泳も得意で、若い頃、名立の海で遠泳の指導もしたそうです。

裁縫や編み物も得意で、夏になると三人の娘にワンピースを、自分にはスーツを手早く作って、四人お揃いの洋服で父に写真を撮ってもらったものです。指導力もあり、鼓笛隊を編成して街中をパレードしたり、ＮＨＫの音楽コンクールに出場したり。生徒たちには楽器を自由に使わせてくれ、そのお陰で女の子たちの多くがピアノを弾けるようになりました。

ユーモアもあり、生徒や保護者から慕われていた母でしたが、私と姉にとっては〝恐怖の母親〟でした。上の姉は小さい頃、髪の毛にパーマをかけてもらったり可愛い洋服を着せてもらったり、母から可愛がられていたような気がします。一方私はほとんどお古ばかり。「末っ子は損だな……」と思っていました。ところが学年が進むにつれ、毎日のように姉ばかりが怒られるようになったのです。

夕飯を食べながら、

「今日の集会のとき、和ちゃんはあっち見たりこっち見たり、ふらふらしていた」

「（授業参観のとき）栄子はちゃんと発表するのに、和ちゃんは手も挙げない」

「栄子は度胸があるが、和ちゃんは怖がりだ」

と私と比較して姉を叱るのです。私だって、きょろきょろしているし、特に度胸があるとは思わないのですが、そんな風に母が怒ってばかりいたせいか、小さい頃はニコニコしていた姉も次第に笑わなくなり、学校で私と顔を合わせることさえ嫌がるようになっていきました。

一方、新年の書初《かきぞ》めの時期になると今度は私が母の攻撃の的となり、恐怖の指導を受けました。一筆書き始めると、「そうじゃない！」と怒り、また書こうとすると、「そうじゃないって言ってるだろ！」と怒鳴るのです。そのうち殴られるのではないかと思うとますます上手く書けず、時間ばかりがどんどん過ぎて、火の気のない部屋で寒さと恐怖に震えながら深夜まで書き続けたことを覚えています。

そんな母とは対照的に、父は信仰心が篤く、誰にでも公平で穏やかな人でした。母より優しい音色でピアノを弾き、ちょっとかすれ声ながら音程は正確で、優しい父の歌声に聞き入ったものです。毛糸が絡まると、ほどくのは父の役目。時間をかけて最後までほどいていました。いつも笑顔で誰からも好かれる父が、母のわがままに翻弄されている姿を見ると、「お父さん、どうして言い返さないんだろう……」と歯がゆく思ったこともあります。その父が、いつからか遠く離れた小学校へ赴任して、家にいなくなってしまいました。もしかしたら、父がいなくなったために、母は益々イライラしていたのかも知れません。

そして、東京の叔父（父の弟）の家に身を寄せていた祖父は、一度も和島村を訪れることなく亡くなりました。そのためか、私には祖父の記憶がほとんどありません（東京の養護学校に通う次姉に会いに行ったとき、叔父さんの家で一度会ったような気もしますが）。

一方祖母は、祖父が亡くなってからときどき和島村に来るようになり、そのたびに、

「お世話になります……」と言って母に頭を下げていました。仏様のように穏やかな祖母。父は祖母似でした。二人に本気で怒られたことは、一度もなかったように思います。祖母は、和島村に来ると母に布団作りを頼まれ黙々とやっていました。

あるとき、糸がなかなか針穴に通らず苦労している祖母に、「おばあちゃん、糸通そうか？」と声をかけると、「ありがとう……」と、観音様を拝むように私に手を合わせたのです。その姿に、

「こんなに優しいおばあちゃんが、どうしてお母さんに遠慮しなくちゃいけないの？」と切なくなったことを覚えています。祖母に対する母の態度は決していいものではありませんでした。

その後祖母は、単身赴任した父のところに移り、そのまま和島村に戻ることなく生涯を終えました。祖母が亡くなる前、父の下宿先を訪れると、祖母は目を閉じたまま布団の上に横たわっていました。

「私が呼んだらきっと目を覚ましてくれる！」と子供ながらに奇跡を信じ、「おばあちゃん！」「おばあちゃん！」と何度も声をかけましたが、祖母は目を開けることなく息を引き取りました。私にとって初めての、肉親との悲しい別れでした。

そんな生活の中で私が一番楽しみにしていたのは、毎月一冊、父が買ってきてくれる本でした。それは、学校に出入りしている業者さんから購入していたものだと思いますが、『少年少女世界名作全集』（講談社）という本でした。『家なき子』『ああ無情』『王子とこじき』『十五少年漂流記』など様々な名作がありましたが、中でも一番心に残ったのは、ジャン・バルジャンの『ああ無情』です。本当に悲しくて切なくて、何度も読み返しては泣いたものです。

ところがある日、

「本なんか、もう買わんで（買わないで）いい！」

と母が言い出し、私の一番の楽しみを奪われてしまったのです！（まさに「ああ無情！」）

そんな絶対的権力を持つ母にも苦手なものがありました。それは雷です。雷が鳴り出すと母は異常なほど怖がり、布団をかぶって震えていたのを思い出します。

会津若松への修学旅行

六年生の春、修学旅行で福島県会津若松に行きました。記憶に残っているのは、五色沼の美しさと、野口英世記念館と、旅館で聞いたウグイスの声です。旅館の部屋に入ると、窓からウグイスの声が聞こえてきました。

「ホーホケキョ！」

私も真似をして、「ホーホケキョ！」と口笛を吹くと、「ホーホケキョ！」とウグイスが返してくれたのです（そんな気がしただけなのかも知れませんが）。

嬉しくなって、また、「ホーホケキョ！」「ホーホケキョ！」と、夢中になって繰り返していると、いつの間にか部屋には誰もいなくなっていて、集合時間にずいぶん遅れたことを覚えています。

写真（186ページ下段）を見ると、みんな楽しそうに笑っています。その中の特別小さい子が私でした。

知り合いが来ると、母は私を指さしながら、

「この子は誰に似たのか小さくて、小学校入学のときには一メートルの物差しで測られたんですわ！」

と笑いながら話しているのを聞いて、幼心に傷ついたものですが、確かに私はとびきり小さい女の子でした。仕事も遅く、学校の成績表には、「作品が最後まで仕上がらない」といつも書かれていたものです。運動神経もなくのろまな私でしたが、仲間からいじめられることもなく、大事にされていたような気がします。

日曜日には、父や母の自転車の後ろに乗って隣町までお花見に行ったり、たまに街で上映される映画に行き、帰りにアイスキャンディーを買ってもらい、途中にある川のほとりで食べたり、夏には電車に乗って海水浴に行ったり、母の実家に泊まりがけで出かけたりと、ささやかながら楽しい出来事もありました。

和島村との別れ

春になると校舎の裏の八重桜がピンク色の花を咲かせ、秋には田んぼの稲穂が黄色く色づき、冬は見渡す限りの銀世界。のどかな和島村にゆったりとした時間が流れていました。

やがて九年が経ち、姉が高校、私が中学に入学する年に和島村を離れることになりました。

村から南に八十キロほど離れた直江津《なおえつ》（上越市）に引っ越すことになったのです。直江津には叔母さん（母の姉）が嫁いでいて、その近くに父と母が土地を求め、すでに家も建ててありました。

仕方ないとは言え、仲間たちと別れることは気の進まないことでした。姉も同じだったと思います。いえ、中学時代まで過ごした姉にとって友達と離れることは、私以上に寂しかったに違いありません。でも姉はそんな素振りも見せず、黙って静かに過ごしていました。

実は母も、本当は和島村を離れたくなかったのではないかと思います。村の人たちから「先生！　先生！」と慕われ子供たちの指導に情熱を注いでいた母は、和島村で充実した教員生活を送っていたような気がします。でも、いつまでも同じところにいられないのが、教師の定め。別れを惜しむ村人たちに見送られ、私たちは和島村をあとにしました。

和島村と私

二十年ほど前、和島村を離れてからもときどき連絡を取り合っていた小学校の同級生から、「東京在住の仲間で女子会をやるけど出てこない？」と誘われ、思い切って出かけることにしました。久しぶりの東京に戸惑いながら、同級生が営んでいるという吉祥寺のお蕎麦屋さんにたどり着くと、何十年ぶりかの仲間たちが笑顔で迎えてくれました。和美さん、啓子さん、八重子さん、糸子さん、京子さん。村を離れてからも、懐かしく思い出していた和島村。「やっぱり和島村は、私にとって大切な故郷だったんだ！」ととても嬉しい気持ちになりました。

そして数年前、父母のお墓参りで直江津に行った帰り道、姉たちと一緒に和島村まで足を延ばしてみました。デコボコだった道は綺麗に整備され、田んぼだったところには新しい家が建ち並んでいました。

昔住んでいた教員住宅は取り壊され、別の家が建っていましたが、近づいてみると私たちが住んでいた家と同じような間取りになっていて、次姉も懐かしそうに眺めていました。小学校はすでに廃校になっていましたが、正門の前で三人並んで写真を撮り、昔からあったお店屋さんに寄って、以前、教員住宅に住んでいたことを伝えると、その方が母の教え子だったことが分かり、思わず話が弾みました。

帰り道、道の駅「わしま」の看板があったので立ち寄ってみると、和島村は良寛さん（江戸時代の禅僧、歌人）が晩年を過ごした「良寛ゆかりの地」だったことを知り、九年もいたのに何も知らなかったんだと恥ずかしくなりました。いつかまた和島を訪れて、今度はもっとゆっくり周って、小学校跡地にできたという素敵なレストランにも行ってみたいと思います。

いざ直江津へ、と思ったら⁉

新しく建てた家は直江津駅の裏側にあり、横には関川という大きな川が流れていました。すぐ近くには機関庫（機関車の倉庫）があり、機関車が吐くばい煙で洗濯物が黒くなることもありました。

家の敷地が道路より低かったため土台を高くし、屋根は翼のように左右対称に広げ、二階がその真ん中にちょこんと乗っかっていて、

「まるで、飛行機のようだ」

と近所の人が噂していたそうです。

「いよいよ、新居での生活が始まる！」と思っていたら、思いもよらないハプニング！近くの病院に職員宿舎として貸していたため立ち退きが間に合わず、すぐに入居できなかったのです。

結局、名立町にある母の実家にお世話になり、姉と私は電車で直江津へ、母は反対方向の能生町《のうまち》へ、父は直江津からさらに三十分ほど行った安塚町《やすづかまち》へ通うことになりました。

母の実家は海岸沿いの小泊《こどまり》地区にあり、駅にも近く便利なところでした。海岸は岩場が多く海水浴には不向きでしたが、イカや甘エビや、幻魚《げんげ》という珍しい魚もとれ、漁業が盛んでした。

母が女学生の頃は、夏休みになると海に潜って海藻や貝を採り、それを売って得たお金を学費にあてていたそうです。

祖父（母の父）が国鉄に勤めていたため、ときどき線路工事の人たちが泊まることもあったようです。そんなときは祖母が、歌の上手い母に、

「きくちゃ（母のこと）、一曲歌ってやんない！（やりなさい）」

と言って、母が自慢の喉を披露したそうです。

祖父は私が生まれるずっと以前に亡くなり、祖母も私が生まれた半年後に亡くなりました。四十八歳で母を産んだ祖母は、母が二十八歳で私を産んだときには七十六歳になっていたわけですから、体力的にも衰えていたのかも知れませんが、母があるときポ

ツンと一言。

「お前の看病をして亡くなったんだ……」

悪気があるのかないのか、ホントに母はそんな言い方をする人でした。


母の実家は、玄関を入ると土間が奥までずっと続いていて、二階が三か所もあるほど大きな家でした。私たちはその中の一番奥の裏口に近い二階を借りることになりました。裏口から外に出ると正面に岩山がそびえていて、手前に北陸線の線路が走っていました。裏口の近くに不安定な形で大きな岩が居座っていたので不思議に思って聞いてみると、「昔、正面の岩山が崩れて転がってきたらしい」ということでした。あとで分かったのですが、江戸時代（一七五一年）に起きた高田地震の影響で名立に地すべりが発生し（＝名立崩れ）、小泊地区全体が一瞬のうちに海底に沈み、五百人ほどいた住民のうち四百人以上が亡くなってしまったのだそうです。あの大きな岩もそのとき転がってきたもののようでした。

突然の震災で小泊地域は消滅し、住民もほとんど亡くなってしまったために詳しいことが分からず、当時は重機もなかったため復興するまでに百年以上かかったそうです。

また、昭和二十四年六月、名立の海岸に機雷が流れ着き、住民たちが集まっていたところ突然爆発して、小中学生を含む六十四人が犠牲になるという大惨事が起きました。母の教え子たちも含まれていて、それはそれは、痛ましい出来事だったようです。母の姪っ子さんも亡くなり、仏壇に幼い女の子の写真が飾られていました。

入学式で名前がない！

直江津中学校は市内五つの小学校から生徒が集まり、一学年で十五クラスもあるマンモス中学でした。入学式当日は母の都合が悪かったのか、父がつき添ってくれました。

正面玄関で受付を済ませ、告げられた教室に行くはずだったのですが、またもやハプニング！

「該当する名前がない」と言われ、父はビックリ！　私はプライドを傷つけられたような気がして、

「だから直江津なんか来たくなかったんだ！」

とわけの分からないことを言って父に八つ当たり。困った父は、玄関に貼り出された名簿の中から私の名前を探し出そうとしましたが、ないものはないのです。そのうち玄関には私と父の二人だけになってしまいました。

「もういいよ、帰る！」

と私が言うと、

「まあ、待ちない！（待ちなさい）二組におまん（あんた）とよく似た名前があったから、行ってみよう！」

と父は私の背中を押して二組の教室に連れて行きました。

「すみません、こちらに斎藤栄子さん（私は斎京栄子）はいますか？」

と父が尋ねると、

「はい」

と女の子の声。

「ほら、やっぱりいた！　帰る！」

と、私が本気で帰ろうとすると、一組の教室から男の先生が顔を出し、

「何したね？　おや、斎京さんじゃないかね～」

偶然にもその先生は、父の師範学校のときの同級生だったのです。話を聞いた先生は、「そうかね〜。じゃ、こっちに来ない〜（来なさい）」と言って、廊下に並び始めた一組の一番前に私を連れていき、そのまま入学式が行われる体育館に入場。こうして私は、父と先生のお陰で直江津中学校に入学することができたのでした。

私がパン係⁉

中学入学直後、クラスで最初に行われたのは学級委員などの役を決めることでした。父と同級だった先生は、あだ名が〝直江っちゃ〟といって背が高くイガグリ頭の先生でした。父の話では旧姓が〝直江〟といい、直江津の大きなお寺の息子さんだったそうです。

〝直江っちゃ〟は小学校からの引き継ぎがあったのか、学級委員長から順番に、副委員長、風紀委員、学習委員と手際よく決めていきました。最後に、

「まだ、名前呼ばれてない者いるかね？」

と、言うので私が手を挙げると、先生が言いました。

「おお、斎京か……。斎京は……パン係やるか？」

「パン係？」

「朝、パンの注文とって、お昼に配るんだ」

「はあ……」

和島村ではみんなに大事にされていたのに、直江津に来たら誰一人知り合いもなく、パン係！

情けないような悔しいような気分でした。

友達もいなかった私は、学校が終わると直江津駅から電車に乗って真っすぐ名立に帰り、仕方がないので勉強ばかりしていました。それが功を奏したのか、一学期の中間テストの成績がとてもよかったのです。と言っても、はっきりした順位は私も分からなかったのですが、「どこからか来た、すごく小さい女の子が、いい成績をとったらしい……」という噂が他のクラスに流れたようでした。

ある日、二組の女の子から廊下に呼び出されました。大柄な彼女は、私を見下ろしながら言いました。

「あんたさ、自分の成績のいいことを自慢してるんだって？」

彼女が言いがかりをつけてきたので、

「そんなこと言ってないよ」と私が言い返すと、

「いや、言ったって聞いたよ」

「言ってない」

「いや、言った！　聞いた人がいるんだから！」

「言ってない！」

「言った！」

そのまま休み時間が終わり、次の休み時間もその繰り返し。

「言った！」

「言ってない！」

またその次の休み時間もその次の日も言い争っていると、

「まだ、やってんのかね～。いい加減でやめない～（やめなさい～）」

と、一組の委員長さんが間に入ってくれました。

結局、誤解だったことが分かり、一件落着。彼女と私は次第に打ち解け仲良くなっていきました。

直江津での暮らし

一学期が終わる頃、直江津の家が空いたので、名立から直江津に引っ越すことになりました。直江津は北陸線と信越線が交わる交通の要で、港には外国船も寄港していて、ロシア系の船員さんたちが街を行き交っていました。表の駅前通りは雪国特有の雁木通《がんぎどお》り（雪を除けるための軒下）になっていて、お店や旅館が軒を連ねていましたが、自宅のある裏側はまだ改札口もなく、空き地の多い静かな場所でした。

和島村では学校まで徒歩三分だったのに、直江津では海辺の中学まで三十分以上かかり、重い学生鞄を下げての通学は、小さな私にとってかなりの重労働でした。

そんな矢先、次姉が直江津中学の特別学級に通うことになり、私も一緒に親戚の叔父さんに車で送ってもらえることになったのです（何とラッキーなこと！）。

「帰りも迎えに来るよ」と叔父さんは言ってくれましたが、仕事のある叔父さんに、甘えてばかりはいられないので、二人で歩いて帰ることにしました（その頃次姉は、ずいぶん歩けるようになっていたのです）。

放課後になり、次姉と帰る時間がやって来ました。姉と私は玄関で待ち合わせていたのですが、私が友達とおしゃべりをしていて遅くなり、急いで玄関に行くと姉は待ちくたびれておかんむり！　私を見た途端「プイッ！」と顔をそむけてさっさと歩き出すのです。「何もそんなに怒らなくても……」と思いながら、私も姉のあとからノソノソついて行き、人通りの多い商店街を抜けて関川近くに行く頃には、いつの間にか姉の機嫌も直っていて、いつもの姉妹に戻るのでした。

しばらくして、次姉は新潟市の養護学校に転入することになり、また直江津を離れて行きました。

そして中学二年のとき、新潟沖でマグニチュード七・五の大地震が発生し、新潟市は液状化現象で団地や橋が崩れ、石油コンビナートが十二日間燃え続けるほどの大災害が起きたのです。心配した父はすぐに車で新潟に向かい、夜中に次姉を連れて帰ってきました。丁度母は修学旅行で不在。家にはまだ電話もなく、私と上の姉はぐっすり寝込んでいたため、いくら戸を叩いても起きず、困った父は玄関の天窓から家の中に入ったそうです。

次姉の話では、地震のとき仲間とはぐれて道路に座り込んでいたところ、近くの農家のおばさんが次姉を背負って逃げてくれたのだそうです。液状化で道路が波打ち、足の悪い次姉が歩ける状態ではなかったようです。幸い、校舎には被害がなく、次姉はすぐに新潟に戻っていきました。

上の姉は直江津高校、私は直江津中学、父は長野に近い安塚小学校、そして母は名立よりもっと南にある能生小学校へ通う日々が続いていました。新しい環境に慣れるのにそれぞれ苦労があったと思いますが、母が一番大変だったのではないかと今になって感じています。帰りの電車に乗り遅れると一時間以上待たなければならず、困った母は、

「国道に出て、トラックの運転手さんに手を挙げて乗せてもらって帰ってきた!」

と言っていました。そして、家に帰ればすぐ食事の支度。終われば学校の残務整理。いらいらするのも仕方なかったのでしょうが、元来の性格も加わりいつ怒り出すか分からない母の様子に、父も姉も私もピリピリしていました。

テレビで物語が始まると、

「こんな作り話、なんの役にも立たん！」

と言ってテレビのスイッチをパチンと切ってしまうし（そのため私は、クラスメートとのテレビの話題についていけず）、ちょっとくつろいでいると、

「さっさと勉強しない！（しなさい！）お母さんの頃は〝ねじり鉢巻き〟で夜中まで勉強したもんだ！」

と自慢話が始まり、余計やる気を失くすのでした。


ある日、夕食の片づけを終え、姉はいつもの通り二階に上がっていましたが、私は茶の間で宿題をしていました。炬燵に入って鉛筆を削っていると、母が突然、「炬燵の上で、鉛筆削るの止めない！（やめなさい）」と言い出しました。私は、「いつもはそんなこと言わないのに、今日はどうして駄目なんだろう？」と思いながら削り続けていると、

「言うことが聞けないのか！」と母が怒り出し、私に向かって突進してきたのです。

ビックリしていると、父が母を遮りながら、「栄子、早く、二階に行きない！（行きなさい）」と言ったので、あわてて二階に上がりました。

姉に、「お母さんが突然殴りかかってきてね……」と涙ながらに訴えると、「下にいるからだよ。二階にいればいいんだよ」と姉は静かに言いました。和島村で怒られてばかりいた姉は、母を避けて生きる術を心得ていたのかも知れません。

そんなわけで家に帰るより学校にいた方が楽しくて、放課後になるとついつい友達とおしゃべりをしていて帰りが遅くなり、「先に帰った者が家の掃除をする」という母の言いつけを、姉がすることが多くなっていきました。

冬になると除雪車が道路の雪を両脇に掻き上げて、家の前に大きな雪の壁ができてしまい、家に入るには雪の壁をよじ登らなくてはいけません。それも、「先に帰った者がスコップで退けておくこと！」という母の言いつけを結局姉がすることになり、

「えこちゃん、ずるい！」

と姉によく言われたものです。

親友との出会い

ある日のこと、ケンカがもとで知り合った二組の彼女と話していて、「家はどこなの？」と聞かれたので、「東雲町《しののめ》」と答えると、「エエッ⁉　私ももうじき東雲町に引っ越すんだよ！」と言われ、私もビックリ！「そんな偶然あるのかな？」と思っていると、本当に彼女は我が家のすぐ近くに引っ越してきました。

彼女の家は農家で、少し離れた田園地帯に住んでいたのですが、お父さんが東雲町に土地を求めて家を建てたのです。休みになると彼女は毎日のようにお父さんの農作業を手伝っていました。

そんな彼女を母は大層気に入り、

「お前たちと違って、働き者で感心な子だ！」

と褒めちぎっていました。

比較されるのは嫌でしたが、母が彼女を気に入ってくれたのは嬉しいことでした。

彼女の家に遊びに行くと、真っ黒に日焼けしたお父さんが顔をほころばせ、「おお！斎京さん、よく来たね！　上がんない！（上がりなさい）」と温かく迎えてくれました。ちょっと頑固そうだけど頼りになるお父さんと、おっとりして優しそうなお母さん。お姉さんと妹さん、弟さんもいて、みんな明るく親切な人たちでした。

彼女がお母さんと楽しそうに話をしていると、

「これが普通の母娘の会話なんだろうな……」

と羨ましく思ったものです。

一方、私の母は口を開けば文句ばかり。普通の会話なんてありえませんでした。ところがある日、彼女から思いがけない話を打ち明けられたのです。それは彼女のお父さんも、怒り出すと手当たり次第に物を投げてくる怖い父親だということでした。お互い、同じ悩みを持っている者同士、ますます絆が深まっていきました。

結局、彼女と私は一度も同じクラスになりませんでしたが、何でも話せる親友として（ときにはケンカもしながら）、ずっと付き合いは続いていきました。

三十八キロ強行軍と妙高登山

直江津中学には毎年恒例の「三十八キロ強行軍」という行事がありました。初夏の早朝学校を出発し、五智街道から高田方面に向かい、クラスも学年も関係なくそれぞれのペースで歩くのですが、のんびりしていると制限時間内に戻れなかったり、途中体調を崩してリタイアする人が出たりと、結構過酷な行事でした。それでも普段交流できない人と話をしたり知り合えたり、教室で一日を過ごすよりもずっと有意義な時間だったと思います。もちろん、親友の彼女とも一緒に歩けて、私にとって楽しい学校行事の一つでした。

また、中学一年の夏、同級生に誘われて、学校主催の妙高登山に参加したことがあります。小学校の修学旅行のように、仲間と宿泊できることを楽しみにしながら当日を待ち、バスに乗って宿に着き夕食を済ませたあと、先生から登山についての説明がありました。

「夜中に出発して山頂で日の出を見て、それから下山する。登るより下りる方がきついぞ。今日は早く寝るように」

それを聞いた途端、「参加しなきゃよかった！」と後悔しました。

「夜中に起きて、二千メートルの山を登って下りてくるなんて、とても私には無理！」と思ったのです。先生は続けました。

「途中で具合悪くなっても引き返すことはできないから、もし体調が悪いと思ったら今日中に申し出ること！」

「どうしよう……。途中で具合悪くなったら、みんなに迷惑をかけるし……」

悩んだ末に先生の部屋に行き、「先生、お腹痛いんですけど……」と伝えました。すると先生は、「この薬を飲めば治る」と私に薬を渡し、さっさと部屋に入ってしまったのです（私の仮病はバレバレのようでした）。

仕方なく、予定通り真夜中に宿を出発し、途中休憩を取りながら山頂へ。みんなでご来光を拝みましたが、そのときの寒かったこと！　体が凍りつくようでした。そして、いよいよ下山。先生が言われた通り、登るより下りる方が大変でした。腿の筋肉がブルブル震えて思うように足が進まず、おまけに山頂で冷えたせいかトイレが近くなり、

「先生、トイレへ行きたいです」

と私が言うと、そのたびに先生が、

「おーい、みんな止まれ～。斎京がトイレタイムだぞ～！」

と大声を出し列を止めてくれました。みんなに迷惑をかけながらも何とか無事下山することができ、思い出深い妙高登山となりました。

高校進学

私にとって直江津中学は多くの出会いがあり、充実した中学校時代でした。もっともっと多くの仲間と知り合えたらよかったのですが、あっという間に三年間が過ぎ、高校受験の季節がやってきました。高田にも高校はありましたが、私は迷わず、直江津高校に進学すると決めていました。姉も通っていたし、高田まで電車で通うのも大変だし、せっかく慣れた直江津から離れるのは気が進まなかったのです。母は自分の母校である高田の女子高を勧めましたが、私にその気がないと知ると、それ以上何も言いませんでした。

直江津高校は直江津中学校のすぐ隣にあり、普通科、商業科、被服科の三科ある総合高校でした。通学路も中学とほとんど変わらず、中学校の延長のような気分で入学式に臨み、校長先生や来賓の挨拶が終わってやれやれと思っていると、突然学年主任の先生が壇上に上がり、厳しい口調で言いました。

「のんびりしていると、あっという間に三年経ってしまう！　自分の将来をしっかり見据え、明日からではなく、今日から緊張を持って励むように！」

それを聞いた私は、「何もこんなめでたい日に、わざわざそんなこと言わなくても……」と思いながらも、「一体私は将来何をしたいのだろう？」と考えると急に心が重くなりました。

中学から剣道を始めていた親友は、高校で剣道部へ入部して将来婦人警察官になりたいと言っていました。私にも「一緒に（剣道を）やろうよ！」と言って何回も誘ってくれましたが、「頭のてっぺんを竹刀で叩かれたら、ますます背が縮む！」と思い、頑なに断りました。

「一体私は何をすればいいいんだろう……」と悩んでいると、いつもは無口な姉が、「放送部に入ったら?」と言いました。

「放送部?」

「えこちゃんに向いてると思うよ」

小学校時代、放送委員だったこともあり、姉の勧めに従い放送部へ入部することにしました。


放送室に行くと大人びた先輩たちばかりで、何だか場違いなところに来てしまったような気がしましたが、すぐに打ち解け放送室に行くのが楽しみになっていきました。

放送部の仕事は、お昼休みに音楽や校内ニュースを流すのですが、滑舌が悪いと聞き取れないので、放課後になると発声練習や朗読の練習をします。

「あ、え、い、う、え、お、あ、お」

「か、け、き、く、け、こ、か、こ」

「生麦、生米、生たまご」

「坊主が屏風に上手に坊主の絵を描いた」

など、みんなで声を合わせて練習しました。

番組を録音するときは雑音が入らないように、誰もいなくなった夜に行われ、そんなときは、いつも一緒に帰っていた彼女にも先に帰ってもらい、遅くなることを母に伝えてもらいました（その頃はまだ家に電話がなかったのです）。

あまり遅くなると、顧問のY先生（先生は東京の名門女子大を卒業したばかりの美人で知的な方でした）が車で送ってくださいました。お家が直江津より先にあるので帰りがけに送ってくださっていたとばかり思っていたのですが、卒業してしばらく経ってから先生にお聞きしたところ、生徒を車で送ることは禁止されていたのに、Y先生がそのことを知らなかったために学校で問題になり、若かったY先生の代わりに先輩のH先生が全責任をとって対処してくださったとのことでした。そんなこととはつゆ知らず、文章が好きだった私は依頼された原稿を直したり、物語を作って昼休みに流したりすることがとても楽しく、授業より放送部に通っているような毎日でした。

放送コンテストへの挑戦

三年生になり、先輩たちのあとを継いで、〝NHK全国放送コンテスト〟に挑戦することになりました。六月の新潟地方予選で、文芸部門と報道部門がそれぞれ一位、アナウンス部門では私がなんと三位になり、東京で行われる全国大会に出場することになりました。

八月になり、Y先生につき添われて東京に出発しました。上野駅で先生と別れ、目黒にある親戚の家に向かいました。翌日、一人で準決勝会場の女子大に行き講堂に入ると、百五十人ほどの出場者が集まっていて、まもなく審査が始まりました。審査といっても審査員の姿は全く見えず、広い講堂で順番を待ちステージに上がって原稿を読み、終わったらまた席に戻るという、まるでトコロ天のように押し出される感じで緊張する間もありませんでした。それに私は、「どうせ新潟で三位なんだから、準決勝を通過するわけがない」と気楽な気分でした。

全員の発表が終わり明日の決勝大会について説明がありました。

「これから渡す課題に基づいて原稿を二部作成し、明日NHKホールの玄関前の決勝進出者名簿に自分の名前があったら、一部を受付に提出してください」

「ええっ！　準決勝通過するのは十人なのに、全員原稿書くの⁉」

今日が終わればすべてが終わると思っていた私は愕然としました。それでも目黒の親戚の家に戻り、白い紙と物差しを借りて原稿用紙を手作りして、文章を考えました。課題は今回の放送コンテストについて。コンテストに関連する言葉がたくさん書いてあって、その語句をすべて使って原稿を作るのです。決勝に残らなければ無駄に終わる作業でしたが、何とか書き上げました。


翌日、NHKホールに着くと、いつもは冷静なY先生が、落ち着かない様子で私を待っていました。

「早く、早く！　決勝に残ったのよ！」

「ええっ！」

先生の言葉が信じられず、名簿を見に行くと、確かに私の名前がありました。

「あなた、原稿書いてきた？」

「はい」

先生はほっとした様子で言いました。

「じゃ、早く出してらっしゃい、もう時間ギリギリよ」

「先生、私、制服を鞄に入れて、東京駅に預けて来てしまったんですけど……」

絶対決勝に残らないと信じていた私は、親戚の案内で東京見物をするつもりで、私服に着替えていたのです。

「私が原稿出しておくから、すぐ東京駅に行って制服に着替えてらっしゃい！」

当時NHKホールは千代田区にあり、東京駅が最寄り駅でした。急いで東京駅に行き、皺だらけになった制服に着替えてNHKホールに戻りました。自分の順番を待ちながら原稿を読み直していると、今度は内容に間違いがあることに気がついたのです。

「先生！　間違いがありました！」

「ええっ！」

「どうしましょう」

「もういいから、そのまま読みなさい！」

本当に気のもめる生徒で、先生も大変だったと思います。

やがて、私の前の人の番になりました。後ろから見ているとその人は緊張で声も体も震えていました。その姿を見ながら、「頑張れ！」と心の中で応援していると、不思議なことに自分の気持ちがどんどん落ち着いてきて、普段通りに読むことができたのです。

そして、結果発表。期待していた文芸部門は残念ながら入賞できませんでしたが、何と私がアナウンス部門で全国四位になったのです！　今振り返っても信じられない出来事でした。

直江津と私

中学生のときだったか、直江津で大洪水が発生し我が家も水浸しになりました。あいにく父は学校の宿直当番で不在、母は体調悪く寝込んでいて、長姉と二人で外を眺めていると道路から水がどんどん流れ込んできて、あっという間に玄関から侵入。あわてて母を起こし二階に避難しました。

結局、床上八十センチまで浸水して、応接室のピアノはひっくり返り、台所の油は漏れて、あと始末が大変だったことを覚えています。

その後、もう一度洪水が発生し、また浸水かとヒヤヒヤしましたが、床下ギリギリで止まりホッとしました。その後河川工事が行われ、二度と洪水は起こらなくなりました。

高田はスキー発祥の地といわれ降雪量も多いのですが、直江津は海岸線に近いせいか、高田ほど雪は降らず、スキーの授業もありませんでした。それでも年に一度はドカンと降って、道路に立ち往生していた車がみるみる雪に埋もれてしまったこともあります。

雪がたくさん降ると屋根の雪下ろしをしなければならず、あるとき父の手伝いで、姉と二人屋根に上がったのですが、雪を下ろすより自分たちの方が落ちそうになり、キャアキャア騒いでいたら、

「お父さん一人でやるすけ（やるから）、おまんた（あんたたち）もういいわね」

と父に言われてしまいました。こんなときは男の子がいたらよかっただろうなと思います。

雪が絶え間なく降り続く日、炬燵にもぐって空を見上げていると、ふいに家ごと舞い上がって、空中散歩を始めたような錯覚に陥ったことがあります。

また、静まり返った夜に遠くでピーッという汽笛の音が聞こえると、何だか無性に物悲しくなり、センチメンタルな気分になったこともあります。

あるとき『直江津町史』で直江津の歴史を調べてみると、奈良時代に聖武天皇の〝国分寺建立の詔（みことのり）〟により五智国分寺が建立され、越後の政治の中心として栄えたのが直江津の始まりのようです。慶長時代になって海岸近くに福島城が築城されたのですが、そのあと、高田に移城（高田城）され、城下町も一緒に移されたために直江津は衰退してしまったのだそうです。その後、鉄道と海路の重要な交通の要となり、また工業地帯としても再び活気を取り戻したとのことでした。

もしお城がそのまま直江津に残っていたら、直江津の街並みも今と違ったものになっていたかと思うと、ちょっと見てみたかったような気もします。

直江津の駅舎も二十年ほど前に大改装され、裏口からもエレベータで楽に行き来できるようになりました。静かだった住宅地にも新しいお店や病院が建ち並び、温泉つき老人マンションまでできて、以前の東雲町とは思えないほどの変わりようです。ばい煙を吐いていた機関庫（蒸気機関車の倉庫）も撤去され、洗濯物が黒くなることもなくなりました。

今は父も母も亡くなり、家も壊されてしまいましたが、直江津は私にとって、多感な時代を過ごした大切な故郷です。

これからも父母のお墓参りをしながら親戚や友人に会えることを楽しみに、直江津に行き続けられたらと思っています。

第二部　東京での日々

大学を受験したものの……

高校生活もまもなく終わるというのに、私の進路はまだ決まっていませんでした。上の姉は地元の短期大学を卒業し、教職資格を取って教師への道を進んでいましたが、私は母への反発からか、「教師には絶対なるものか！」と思っていました。なりたくてもなれる職業ではないのに、何と傲慢な考えをしていたことかと恥ずかしくなりますが、高校時代の私は将来への夢もなく、「その日暮らしの高校生」でした（と言っても、学校では楽しく過ごしていましたが）。

クラスで仲良しだった友達は、看護学校、音楽学校、地元の会社へ就職と、それぞれ進路を決めていたのに、私は目標もないまま東京の大学を受験することにしました。けれども、勉強もしないで受かるわけがありません。いくつか受けたものの、すべて〝不合格〟。

東京山手線の電車に乗って、「どうしよう。母に何と報告したらいいんだろう……」

と、ぼんやり車内を眺めていると、〝○○テレビ技術学校〟という専門学校のポスターが目に留まりました。読み進めていくと、アナウンス科もあるとのこと。

「これだ！　これこそまさに神様の思し召し！」と心に衝撃が走りました。

実は私は、高校三年生のとき参加した〝全国放送コンテスト〟で入賞したのをきっかけに、「アナウンサーになれたらいいな……」という淡い夢を抱いていたのです。でも、そんな大それたことを誰にも言えず、心の奥にしまい込んでいたのでした。

急いで専門学校の電話番号を書き留め、電車を降り公衆電話から電話をすると、「はい、まだ募集していますよ」との返事。「ありがとうございます！　またあとでお電話します！」と電話を切り、「これで、母に顔向けができる！」と喜び勇んで母に電話をすると、思いがけなく母の反対に遭いました。

「専門学校なんか駄目だ！　さっさと帰ってきない（きなさい）！」

せっかく行きたいところを見つけたのに、どうして駄目なのだろう……。

納得できないまま直江津に戻り家に着くと父は不在で、母と口論になりました。

「ちゃんと勉強しないから、こんなことになるんだ！」

「今更そんなこと言ったって仕方ないでしょ！　行きたいところができたんだからいい

じゃない！」

「そんなわけの分からん学校なんて駄目だ！　大学に行かなきゃ駄目だ！」

「大学なんて、行きたくない！」

いつまで経っても平行線。平行線どころか、私の心に今までたまっていた母への怒りが、むらむらと湧き上がってきたのです。

今までも、ヒステリックな母の言動でどんなに家族が苦しい思いをしてきたか……。優しい父に免じて我慢してきたものの、今度ばかりは堪忍袋の緒が切れました。

「こんな母とはもう住めない！　出て行く！」と思い、二階で家出の準備をしていると、玄関から、「栄子さんにお電話ですよ」という、隣のおばさんの声が聞こえてきました。その頃は我が家にまだ電話がなく、隣のお店の電話を借りていたのです。

私の受験結果を心配して電話をかけてきた友人に、「今から家を出る！」と興奮して伝えると、「ちょっと待って！」と引き止められ、話しているうちに、「確かに、お金もないのに家を出てもすぐに行き詰まってしまう……」と思い直し、その後帰ってきた父の説得もあり、母の希望通り大学を再受験することになりました。

といっても、今年はもう間に合わず、また来年受験しなければなりません。ということは一年浪人するということです。その頃は希望の大学に入るために、二浪、三浪する人もいましたが、直江津高校では女子が浪人してまで大学に行くなんてことはほとんどありませんでした。

「どうしてそこまでして四年制大学に行かなきゃならないのか……」

「世間体を気にする母の見栄ではないか……」

母に反発を感じながらも結局東京の予備校に通うことになり、神奈川の教員に採用された長姉と上京して一緒に暮らすことになりました。

その頃はまだ宅配便もなく、炊事道具や布団は数日かかる貨物便で送り、小荷物は国鉄の乗車切符を買うと最寄りの駅まで運んでくれる〝チッキ〟を利用することにしました。荷物を送るときにはまだアパートが決まっていなかったので、とりあえず姉の勤務先に送ってあとでアパートに運ぶことにして、〝チッキ〟は国鉄の町田駅まで取りに行かなければならず、今の時代では考えられないほど面倒臭いことでした。

姉の赴任校で探してくれたアパートは、小田急線の相模大野から片瀬江ノ島方面に三つ、四つ行った駅で降り、歩いて二十分ほどのところにありました。アパートは農家の敷地内に新築されたばかりで、畑と竹林に囲まれた静かな場所でした。

荷物の整理も済んだ頃、母から一通の手紙が届きました。父は筆まめな人で何かにつけて手紙をくれましたが、母から手紙をもらうのは初めてでした。

「何を書いてきたんだろう。また文句を言ってきたのかな？」と思いながら読んでみると、教員になった姉へのアドバイスや、私たち二人への生活の注意点など細々と書かれていて、最後に、

「お前たちがいなくなって毎日泣いている」

と綴られていました。読み終えて姉は涙ぐんでいましたが、まだまだ未熟だった私は、怒ってばかりいた母の姿しか思い出せず、母の気持ちを汲み取ることはできませんでした。

まもなく、姉は勤務先の小学校へ、私は東京の予備校に通う生活が始まりました。

予備校は新宿から山手線に乗り換えて高田馬場で降り、バスで数分行ったところにありました。すぐ横には有名私立大学があり、ちょっと歩けばキャンパスに入れるほどの近さでした。

その頃は学生運動が盛んで、東京大学では安田講堂が学生に占拠され入学試験が中止になったり、他の大学でも過激派同士の対立があったり、全国の大学が荒れに荒れていて、隣の大学も学生会館が学生に占拠されたという話が耳に入ってきました。

ある日、予備校の仲間に誘われ、隣の大学を見に行ったことがあります。学生会館の前にはバリケードが築かれ見張り役が立っていましたが許可を得て二階に上がって行くと、ヘルメットをかぶった学生が集まっていました。過激派というからどんな人たちかと思って、恐る恐る話しかけてみると、ごく普通の人たちで驚きました。しばらく話をしていると、突然、辺りが騒がしくなり、

「○○派が攻めてきたらしい！　危ないから帰った方がいいよ！」

と促され、急いで予備校に戻りました。

その後どうなったかは分かりませんでしたが、同じ志で学生運動をしている者同士、どうして争わなくてはならないのだろうと、悲しい気持ちになりました。

大学に入るためにせっせと予備校に通っている私たち浪人生と、せっかく希望の大学に入学したのに、学生運動に明け暮れている大学生と、入学した途端、遊んでばかりいるノンポリ（ポリシーがない）学生とが混在していて、何が平和なのか幸せなのか、分

からない時代でした。

そんなある日、姉と私にとって衝撃的な事件が起きました。夜、アパートで寝ていると、ガリガリ、ガリガリという金属音で目が覚め、「何だろう……？」と思って電気を点けてみると、なんと、大きなムカデが、テーブルに置いてあったポットの上をグルグル回っていたのです！

「キャー！」と心の中で叫び、恐怖で身動きできない姉と私。和島村時代に一度だけ父と母がムカデを退治している姿を見ましたが、直江津では家の土台が高かったせいか、ムカデが家に入ってくることはありませんでした。アパートのすぐ裏が竹林だったために侵入してきたのかも知れません。姉と私は順番にムカデの見張りをして、朝になったら大家さんに頼んで退治してもらうことにしました。

ようやく朝になり大家さんを呼んでくると、ポットの上にいたはずのムカデがいつの間にかいなくなっていたのです。それからは寝ていても生きた心地がせず、おまけに蟻まで砂糖の容器に入り込み、場所を替えてもすぐ見つけられ、蟻との闘いも始まりました。ムカデや蟻にしてみれば、突然自分たちの縄張りに家が建ち迷惑だったのかも知れませんが、私と姉にとっては一大事。大家さんには申し訳なかったのですが、母に相談してアパートを出ることにしました。

夏になり、母と一緒に東京・板橋にある親戚の島田家を訪ねました。島田家は遠い親戚（母の実家のお嫁さんの叔母さん）でしたが、事情を話すと受験までの半年間、私を預かってくれることになりました。姉は神奈川にいる従兄の家に、しばらくお世話になるとのことでした。

島田家は東武東上線の大山駅から五、六分歩いたところにあり、叔父さんと叔母さんが新潟から上京して小さな靴屋を営んでいました。

一階には店舗と台所と茶の間があり、茶の間は夜になると叔父さんと叔母さんの寝室になっていました。二階は二部屋あって、お姉さんと弟さんが一部屋ずつ使っていましたが、私はお姉さんの部屋に同居させてもらうことになりました。私がお世話になっている間に、お嫁に行かれていたお長姉さんの出産があったり、同居のお姉さんも結婚を控えていたりと、ご家族にとって大変な時期だったと思うのですが、皆さん嫌な顔もせず、私の面倒をよく見てくださいました。本当にお世話になるばかりだったと今になって反省です。

予備校にも近くなり勉強もはかどるはずだったのですが、元来のんびり屋の私は、仲間たちと渋谷の百円映画を観に行ったり、新宿駅の反戦集会を見に行ったり、近くの川べりに散歩に行ったりと、なかなか勉強に集中できず、月日ばかりが流れていきました。

あっという間に一年が過ぎ、「これは大変！」と焦り出したときには、試験はすぐそこに迫っていて、「また今年も駄目かも……」と不安を抱えたまま、いくつかの大学を受けたところ、奇跡的にも國學院大學に合格することができたのです。

母に「國學院に合格した」と伝えると、「そうか、そうか」と喜んで入学金を出してくれました。

大学入学

実を言うと、國學院大學の前に合格した大学がありすでに入学金も払ってあったのですが、母に國學院に合格したことを伝えると、「國學院がいい！　國學院にしない！（しなさい)」と言って、再度入学金を出してくれたのです。いつもは節約家の母がどうしてだろうと不思議でしたが、母にとって國學院大學の方が聞いたことのある名前だったのかもしれません。苦しい（？）浪人生活を乗り越え、ようやく大学に入学できた私はお世話になった板橋のご家族に別れを告げ、神奈川の相模原で再び長姉と一緒に暮らすことになりました。

アパートは小田急線の相模大野駅から七、八分歩いたところにあり、新築されたばかりのクリーニング取り次ぎ店の二階で、ここならムカデも蟻も入ってこないだろうと安心でした。

一階の取り次ぎ店には、五十歳くらいのおばさんが二人のお子さんを育てながら住み込みで働いていて、母からの電話も快く取り次いでくれ、優しく親切なおばさんでした。

隣にはお米屋さんもあり、母が送ってくれた米穀通帳でいつでもお米が買えるし（その頃、お米はお米屋さんにしか売っておらず、米穀通帳を持っていないと買えなかったのです）生活するには便利な場所でしたが、私にとって、これから毎日、満員電車で二時間近くかけて渋谷まで通わなければならないと思うと気の重くなる話でした。本当はもっと大学に近いところで暮らせればよかったのですが、東京は家賃も高いし、母は私を一人にするのが心配だったのでしょう。

「栄子は和ちゃんと一緒がいい！」と言って、私の希望を聞き入れてくれませんでした。

四月になり、いよいよ大学生としての新しい生活が始まりました。相模大野から満員電車に揺られて下北沢で井の頭線に乗り換え終点渋谷で降りて、さらに七、八分バスに乗ると、ようやく國學院大學に到着でした。

入学式を終え、学部別説明会が行われる大講堂に行くと席はすでにいっぱいで、空いている席を探して座ると、前にいた女の子が振り返り、話しかけてきました。

「貴女何組？」

「私？　三組」

「あらっ！　私もよ！　よろしくね！」

ちょっと茶色がかった柔らかそうな髪をした彼女は、幸田さんといって東京調布の人でした。流暢な東京弁で次から次へと話しかけてくる幸田さんに、最初は戸惑いを感じましたが、幸田さんはそんな私を気にする様子もなく、

「駅まで一緒に帰りましょう～」

と言って渋谷の駅まで二人で歩くことになりました。

大学から十五分ほど坂道を下って行くと、渋谷の街が見えてきました。

「斎京さんは何線に乗るの？」と幸田さんに聞かれたので、私が「井の頭線」と答えると、「あら、私もよ！」ということで、そのまま二人で井の頭線に乗り、私は下北沢で降りて幸田さんと別れました。そして、翌日もその翌日も一緒に行動しているうちに、実は幸田さんも一年浪人していて、誕生日も私とたった二日しか違わなかったことが分かり、一気に仲良くなっていったのです。

サークル、どうする？

春の大学は、新入生をサークルに勧誘する先輩たちの声で賑わっていました。先輩たちはあの手この手で自分たちのサークルに誘い込もうと必死です。このときばかりは新入生は金のタマゴのようにもてはやされ大切に扱われるのでした。

ある日私もゴルフ部の人に声をかけられ、話を聞いているうちに断り下手な私はつい、

「分かりました、入部します！」

と言いそうになったのですが、何とか思いとどまりました。実は私には入学前から心に決めたサークルがあったのです。それは、「放送文化研究会」でした。入学前に知人から、

「國學院の放送文化研究会（以後放文研）からプロのアナウンサーが出ているよ」

という情報をもらい、「入学したら絶対放文研へ入ろう！」と決めていたのです。幸田さんにそのことを伝えると、

「じゃ、今から行ってみましょうよ！」

と言われ、さっそく放文研を訪ねることにしました。


放文研があるという地下ホールに降りていくと、外とは全く違う雰囲気で、薄暗いホールの中をヘルメット姿の学生たちが慌ただしく歩き回っていました。何だか場違いなところに来てしまったような不安を感じながら、放文研の教室を探し、中にいた男の人に声をかけました。

「すみません、ここは放文研ですか？」

「そうだよ」

「私、入部申し込みにきたのですが……」

「あ、そう」

と男の人は頷き、私の質問にも親切に答えてくれました。最後に、

「練習はいつからですか？」と尋ねると、

「練習？」とけげんな顔をしたので、

「はい、発声練習とか……」と言うと、

「そういうことは、してないなあ……」とのこと。

「えっ！　放送部なのに発声練習とかしないの？」とビックリしましたが、気を取り直し、「では、いつから来ればいいですか？」と尋ねると男の人は、「うーん……」と言ったまま黙ってしまいました。しばらく待っていましたが、なかなか返事が返ってこないので、「では、また来ます」と言って教室をあとにしました。

　外の明るいキャンパスに戻りホッとしたものの、「本当に入部できたのかな……」と不安になりましたが、「学部と名前も伝えてきたし大丈夫だろう……」と思い直し、今度は私が幸田さんに聞いてみました。

「幸田さんは、何かやりたいことあるの？」

「私ね、〝ノウガク〟か〝キュードー〟をやりたいの」

「〝ノウガク〟って能楽のこと？」

「そう。」

「じゃ、〝キュードー〟って？」

「弓道よ。洋弓じゃなくて和弓。日本の弓のことよ。家の鴨居に祖父の弓がずっと置いてあってね。機会があったら和弓をやってみたいと思ってたの」

「弓道」とか「和弓」とか、初めて耳にする言葉を聞きながら、

「幸田さんて見かけによらず、古風なんだな……」

と思いました。調べてみると國學院には能楽部はないことが分かり、弓道部に行ってみることにしました。

あれよあれよと弓道部へ

弓道場は校舎と道路を一つ隔てた体育館の横にありました。玄関に行くと案内係の男の人が待っていて、急いで道場に入るよう促されました。道場内には新入生らしき人たちが神妙な顔つきで正座していて、幸田さんはその後ろに座るよう指示され、私もその横に座りました。すると、突然、朗々とした男の人の声が道場内に響き渡りました。

「これから、入部説明会を始める。まず初めに自己紹介をやってもらう。端から順に自分の名前と学部を言うように」

髪をさらりと横に流し、精悍な顔つきをしたその人は、いかにも武道家という感じでした。言われた通り順番に名前と学部を言い、幸田さんが最後に言い終えたあと私が何も言わずにいると、「そこは何だ⁉」と、その人が私を指さしました。

「えっ！　私？　つき添いは入ってはいけなかったのかな？」と思っていると、玄関で対応してくれた男の人が、「あ、こ、この人はつき添いです！」とあわてたように答えました。

説明している人は上級生で、私たちを案内してくれた人は下級生だったようです。それを聞いた男の人は、「ふーん」という顔をしただけでそれ以上何も言いませんでした。「ああ、よかった」とホッとしたものの、向こうの賑やかなキャンパスとあまりに違う道場の雰囲気に、すっかり驚いてしまいました。

こうして、「これから、幸田さんは弓道部に入部し、私は放送研究会でアナウンサーを目指し、それぞれの道を進んで行くのだ！」と思っていると、数日経って幸田さんが言いました。

「弓道部は練習時間も多いし他にやりたいこともあるし、私、入部するの、やめようと思うの。断りに行くんだけど、一緒に来てくれない？」「……」

言われるまま幸田さんについて行き、私は弓道場の入り口で待つことにしました。幸田さんは一人で玄関に入っていきましたが、いつまで経っても出てきません。しびれを切らした私が玄関に行き、そっと中を覗くと、女の人と話をしている幸田さんの後ろ姿が見えました。すると女の人が私に気づき、「お友達？　お入りなさい」と声をかけました。

その声に幸田さんが振り向き、私を見てほっとしたような顔をしました。

「今ね、『せっかくだから弓に触ってみれば？』って言っていたところなの。あなたも一緒にどう？　こんなチャンス滅多にないわよ」

キリっとした顔立ちにスラリとした体つき。黒ぶちの眼鏡がよく似合い、さすが上級生という感じです。もともと好奇心の強い私は女の人の「チャンス」という言葉に心が動き、幸田さんも困っていそうなので、一緒に道場に上がることにしました。

するとそこに、入部説明会のとき説明をしていた男の人が通りかかり、

「おお？　可哀想に騙されたな？　やめとけやめとけ、こんな部入らない方がいいぞ」

と言いながらどこかに行ってしまいました。

「失礼ね、騙したなんて！　大丈夫よ。無理矢理入部しろなんて言わないから」

と女の人は笑いながら私たちを女子部室に連れて行きました。

「あなたたち、体操服持ってるみたいね。せっかくだから着替えましょうよ」

たまたまその日は体育の授業があり、私たちが体操服を持っていたことを、女の人は見逃さなかったようです。言われるままに体操服に着替え、道場の中で弓について説明を受け、しばらくして帰ることになった私たちに彼女は言いました。

「あなたたち明日も来ればいいじゃない。どうせ暇なんでしょ」

さらに、

「丁度ロッカーも一つ空いてるから、体操服置いていけばいいわよ」

とも。

「……」

さすがの幸田さんも返す言葉がなかったようで、言われるまま体操服をロッカーに預けて帰ったのでした。

あとで分かったのですが、その女の人は井原さんと言って女子部の主将だったのです。井原さんの言う通り、まだ授業数も少なく暇を持て余していた私たちは、次の日もその次の日も道場に通い続けているうちに、まるで蟻が蟻地獄に吸い込まれるように弓道部へズルズルと引き込まれていったのです。

幸田さんはもともと弓道に興味があったので、その魅力に取り憑かれたのは当然だったかも知れませんが、私までなぜ弓道場に惹かれてしまったのか……。それはもしかしたら、中学時代の親友が剣道をやっていたことで、知らず知らずのうちに武道に対する憧れの気持ちが芽生えていたのかも知れません。

とは言え、私には、「アナウンサーになる」という大きな夢があり、それを実現するために放文研に入部すると決めていたのです。ある日、そのことを井原さんに話すと、思いがけない言葉が返ってきました。

「あなた、知らないの？　あそこ（放文研）は今、学生運動の拠点になっていて、まともな活動はしてないはずよ」

「えっ！」

驚いた私が、地下ホールの放文研の部屋に行ってみると、部屋の中には机や椅子が散らばり、ヘルメット姿の男の人たちが集まっていました。その中に、先日の男の人がいたので思い切って声をかけ、

「あのー、入部を取り消したいのですが……」

と言うと、その人は「うん、うん」と頷いただけで何も言いませんでした。道場に戻って、そのことを井原さんに伝えると、

「放文研に入らなくても、アナウンサーになる道はあると思うわよ。学生時代はやりたいことができる最後の時間よ。大事にしてね」

と励まされ、勇気づけられたのでした。

それから数日経って、放文研のある地下ホールは本当に学生運動の拠点となり、一般の学生は立ち入れない状況になったのです。

弓道部の生活

こうして弓道部に入部することになった私と幸田さんでしたが、正式な部員になった途端、生活は一変しました。それまでは、行けるときだけ行けばよかったのに、お昼休みも毎日練習となり、正午のチャイムが鳴った途端、教室を飛び出し道場に走って行かなければならなくなったのです。

ゆっくりお昼を食べるなんてとんでもない。それでも道場の角を曲がると、玄関から、「遅いぞー！」と先輩の声が飛び、「はい！」と返事をして、ヒールの踵が砂利道で剥がれるのもお構いなしに、益々スピードを上げるのでした。

「こんな生活が毎日続いたらたまらないよね」

「せめてお昼くらい、ゆっくり食べたいね」

私と幸田さんは、あるとき、二年生の先輩に思い切って尋ねてみました。

「あのー、お昼はいつ食べればいいんですか？」

「そんなのは、授業中に決まってるだろ」

須田さんが当たり前のように答えました。

「ええっ？」

私たちが驚いていると、

「ちょっと早く授業を抜け出すか、少し遅れて行けばいいんだよ」

と、青木さんがニコニコしながら言いました（二人とも、新潟出身の先輩でした）。


夕方も毎日練習があり、先輩たちが弓を引いている間、新入生は色々な仕事をしなければなりません。特に「的貼り」といって、破れた的紙を剥がして、新しい紙を何枚も重ねて貼る仕事は根気のいる仕事で、みんなで夜遅くまでやったものです。

練習を終え外に出ると夜空に星が瞬き、相模大野のアパートに着く頃には姉は夕食を済ませ、寝ていることもありました。姉と一緒に暮らすことになったとき、

「お姉ちゃんが食費を出してくれたら、私が作るよ」

と言っておきながら、すぐにその約束を破ることになり、姉には本当に申し訳なかったと思います。姉も寂しいこともあったでしょうに、文句も言わず黙って私を見守ってくれました。いや、言い出したら聞かない私の性格を分かっていたのかも知れません。

明けても暮れても、弓、弓、弓の毎日に、幸田さんは早くも、

「やっぱり入部しなきゃよかった！」

と後悔し始めましたが、私は、今まで経験したことのない緊張感にワクワクしながら、揺らぐ幸田さんを引き留めていました。


ある日、私と幸田さんはお茶汲み当番で武道部共同の炊事場にお湯を沸かしにいきました。弓道場の奥にある重い扉を開けると他の武道場につながる廊下があり、怖そうな人たちが行き交っていて、私たち一年生にとっては緊張する場所でした。恐る恐る炊事場に行くと男の子が一人いて、お湯を沸かしていました。体操服を着ていたので同じ新入部員だと思い、気安く、

「何部ですか？」

と話しかけると、

「応援団です……」

と元気のない返事。

「あっ！　そういえば、この間、無理矢理応援団に連れていかれた人がいたけど、そのときの？」

「そうです、僕です。本当は入りたくなかったのに、部室に監禁されて……」

そう言って、彼は涙をぬぐいました。

一週間ほど前のことでした。私と幸田さんがキャンパスを歩いていると、突然、「止めてください！　許してください！」

という大きな声がして、「何だろう？」と思って振り返ると、学生服を着た集団が、一人の男の子を取り囲み、どこかに連れていこうとしていました。

「あれは何？　誰か助ける人はいないの？」

と、周りを見渡してもみんな気にする様子もなく、中には「あ〜あ、捕まっちゃった〜」というようにニヤニヤしながら見ている人もいるのです。あとで知ったのですが、それは応援団の毎年恒例の、新入部員勧誘方法でした。不運にも応援団の餌食《えじき》（!?）となってしまった男の子は、必死の抵抗も空しくどこかに引きずられて行ってしまいました。その人が今、目の前にいる人だったとは！

私と幸田さんは、応援団の非道なやり方に憤慨したもののどうすることもできず、

「元気出してね……」

と励ますしかありませんでした。その後、屋上で発声練習をする応援団の声が聞こえてくると、「おおっ！　頑張ってる！　私たちも頑張らなくては！」と思うのでした。

ところが、その可哀想だったはずの彼の姿が、日を追うごとにみるみる変身していったのです。元気のなかった顔はキリっと締まり、歩き方も颯爽として、やがて四年生になると、眼光鋭く髪はビシッとリーゼント、襟足高く裾の長い学ランを着て口ひげを生やし、どこから見ても立派な応援団員になっていたのには、私も幸田さんもビックリ仰天！でした。

弓道部の仲間たち

私たちが入部する前から、男子に交じって一人の女性が弓道部に入部していました。彼女は伊藤さんといって、東北出身の人でした。伊藤さんは真面目で謙虚で奥ゆかしくて、どう見ても武道をやるような人には見えなかったのですが、自ら進んで入部してきたと聞き驚きました。普段は黒子のように気配を消している伊藤さんが、いざ弓を引き始めると小さな体からエネルギーがほとばしり、瞳の奥で炎が燃えているようでした。

ある日のこと、私と幸田さんが道場に行くと見慣れない女性が弓を引いていました。体操服を着ていたので新入生だとは思いましたが、最初から弓を引いているので不思議に思って見ていると、四年生の塩沢さんが、

「埼玉の高校で弓道をやっていた坂本さん、一年生よ」

と、紹介してくれました。

坂本さんは一見大人びた感じの人でしたが話してみると明るくて面白くて、それでいて頼りがいがあり、すぐにみんなのまとめ役になりました。

お家は飯能にある大きな材木屋さんで、栄養失調気味の私をときどきお家に連れていってお母さんの料理を御馳走してくれたものです。お母さんは材木屋を切り盛りしていて忙しそうでしたが、いつも私を温かく迎えてくれて、デンと構えた〝おふくろさん〟という感じでした。ユーモアのあるお父さんと優しいお兄さん、ピアノ教師の素敵なお姉さん、みんな親切で笑いの絶えない坂本さんの家が私は大好きでした。

坂本さんはちょっとふっくらした体型でしたが、弓を引く姿はとても優雅で美しく、そして、弓術にも優れていて、大学二年のとき全日本学生弓道大会で見事、女子日本一に輝きました。


最後に入部してきたのは東京両国出身の石川さんでした。石川さんは有名女子大付属の中高一貫校に通いながら、わざわざ國學院に入学してきたという、ちょっと変わった経歴の持ち主でした。本人は「そんなことない！」と否定していましたが、しなやかに弓を引く姿と愁いを含んだ大きな瞳は、みんなの憧れの的でした。

こうして、伊藤さん、坂本さん、石川さん、幸田さんと私の五人が弓道部に入部し、最後まで全員辞めることなく在籍していたのは、とても珍しいことだったようです。特に私と幸田さんは、

「あの二人はすぐに辞めるに決まっている……」

と先輩たちに噂されていたそうです。その頃流行っていたミニスカートを履き、カラフルな服を着ていた私たちは、とても武道をやるような人間に見えなかったのかも知れません。

一方、男子は、初め十数名いた新入部員も、最後まで残ったのは七名でした。そのうちの三人が高校からの経験者で、先輩たちの中にも経験者が何人もいて、弓道部に入部するためにわざわざ國學院に入学してきた人もいると聞き驚きました。國學院の弓道部は歴史もあり、石岡先生という立派な師範もいらして、私みたいに弓道のことを何も知らず、成り行きで入ってしまうような者はほとんどいなかったようです。

初心者は初めから弓は持たず、ゴム弓という太いチューブのついた短い弓で引き方の練習をして、そのあと本物の弓を持ち射法八節（矢を射る作法）にのっとって至近距離

から巻き藁台に向かって矢を放つ練習をします。そして先輩たちが、「そろそろ大丈夫だろう」と判断すると、初めて的前《まとまえ》に立ち二十八メートル先の直径三十三センチの的に向かって矢を射るのでした。初めの頃は矢がどこに飛んでいくかも分からず、先輩たちに、「もっと前！」「もっと後ろ！」と狙いを定めてもらい、「そこだ！」と言われたときにパッと矢を離すのですが、そう簡単には中《あ》たりません。それでも男子はもともと運動神経があるのか、何本か引くうちに中たるようになるのですが、私は一日引いてもまぐれでも中たらず、指導してくれる先輩の方が自信を失くしていました。

幸田さんはもともと弓に興味があったからか、まもなく中たりのコツをつかみ、弓を引くのが楽しくなったようですが、私は自分の体がどうなっているのかも分からず、いつまで経っても上達しなくて困りました。弓道は動かない的を狙うのだから、運動神経がなくても大丈夫かと思っていたら、それは大きな間違いだったようです。今度は私が、「辞めようかな……」と悩み始め、幸田さんに、「もう少し頑張ろうよ」と引き留められることになるのでした。

日曜日も他大学との試合があり一年生も応援に行かなければならず、自由時間はほぼ皆無。せっかく東京に出てきたのに、東京見物もできず、姉とも出かけられず（一度だけ姉と新宿の歌声喫茶に行ったことがあります）、相模大野と渋谷を往復するだけの毎日。食事もろくに摂れず、ペシャンコな私の体がますますペシャンコになっていきました。

大学生なのに補導⁉

ある日、渋谷を歩いていると、

「君、君！」

とおまわりさんに呼び止められました。

「はい？」

「駄目じゃないか、こんなところをフラフラしてて。まだ学校の時間だろ？」

「はい？」

「学校どこなの？」

「学校は、國學院大學です」

「えっ？　大学生？　嘘だろ？」

「ホントです！」

「じゃ、学生証見せてごらん」

私が学生証を見せると、

「あ、ホントだ。失礼！」

そう言って、おまわりさんは立ち去っていきましたが、私は中学生か高校生に間違えられたのかと思うと、情けなくて涙がこぼれてしまいました。

弓道部に入部したときも、先輩から、

「斎京は本当に大学入試を受けて入ってきたの？　高校じゃないの？」

と真剣に聞かれたときには、心底傷ついたものです。好きで小さいわけでも童顔なわけでもなく、「どうして私ばかりがこうなんだろう……」と、周りの女性たちを羨ましく思ったものです。

岡野先輩との出会い

なんだかんだ言いながらも月日は流れ、夏になりました。私たち一年生も胴着と袴を着け、弓道部員らしくなってきました。

明日から夏休みという日、道場で納会が催されることになりました。納会とは、道場に一升瓶を立て、この日ばかりは無礼講。後輩も先輩も一緒になって賑やかに宴を盛り上げるのです。納会が始まる少し前、一人の先輩が私に声をかけてきました。

「斎京！　お前、相模大野だったよな？　俺は今日、鶴川の先輩のところに行くから、一緒に帰るべぇ！」

方言丸出しで話しかけてきた先輩は、千葉県出身の岡野さんという四年生の先輩でした。入学説明会のとき、「そこは何だ⁉」と私に尋ね、井原さんに誘われたときには、「騙されたな？　こんな部入らない方がいいぞ」と言った人です。高校からの経験者でとても綺麗な射形（弓を引く姿）だったそうですが、大学に入ってから肩を壊し、マネージャーをやっていました。

部には先輩後輩の序列があって、一年生の世話は二年生が行い、二年生がいないときは三年生がみてくれて、四年生と一年生が直接関わることはほとんどありませんでした。大袈裟に言えば、一年生は奴隷、四年生は神様ほどの差があり、先輩への挨拶もまず四年生からしなければならず、もし間違えようものなら首が飛ぶほどの厳しさでした。

そんな中、岡野さんは「道場の主」と言われるほど朝から晩まで道場にいて、誰にでも気軽に話しかけ、冗談を言ってはみんなを笑わせる、特別な四年生でした。

納会も終わり、約束通り岡野さんと私は鶴川に向かいました。電車の中で何を話したかは覚えていないのですが、いつも冗談ばかり言っていた岡野さんが、そのときは真面目な話をしていたような気がします。そして、夏休みに、千葉の岡野さんの家に遊びに行くことを約束しました。


岡野さんの家は外房の海辺近くにある神社で、夏だけ民宿をやっていて、弓道部の人たちが毎年遊びにきているようでした。

三年生で紅一点の戸伏《とぶし》さんが、

「岡野さんとこへ行くとね、私を逆さにして海に沈めるんだよ〜」とカラカラ笑いながら教えてくれました。高校時代合唱部だったという戸伏さんは話す声もソプラノで、小柄だけれど存在感があって澄んだ目が印象的でした。

八月になって、私は幸田さんと一緒に岡野さんの家に遊びに行きました。天津駅に着くと岡野さんが迎えにきていて、いつもは色白の岡野さんが真っ黒に日焼けしていて、目と歯だけがぎらぎらと目立ち、まるでどこかの国の人のようでした。

駅前からバスに乗り天津の狭い街中を通っていると、なぜか名立町を思い出しました。名立町は父と母の生まれ故郷で、海に近い母の実家にはよく出かけたものです。山と海に挟まれた町には磯の香りが漂っていて、「天津と名立、何だか似ている！」と思いました。

しばらく走ってバスを降り、橋を渡って三百メートルほど山方向に歩いて外房線のガードをくぐると、正面に神社が見えました。神社に続く道の両側には田んぼが広がり、神社の横に岡野さんの家がありました。

玄関から上がると茶の間に通され、ご両親にご挨拶をしました。お父さんは穏やかで品があり、お母さんはてきぱきとした明るい感じの方で、お母さんと話す岡野さんはちょっと照れ臭そうで、いつもの岡野さんとは違うなと思いました。お父さんとお母さん、小学生の妹さんとお祖母ちゃんが岡野さんの家族でした。神社から歩いて五分ほどのところに海水浴場があり、私たちは早速水着に着替え、出かけることにしました。

「この海岸は〝城崎《しろさき》〟っていう名前だけど、貝殻分が多くて白いから、地元の人たちからは〝白砂《しろさ》〟って呼ばれているんだよ」

岡野さんが説明してくれた通り砂浜は白くて美しく、海も驚くほど遠浅でした。幸田さんと私が浮き輪でプカプカ浮いていると、日焼けした岡野さんの肌を岩と間違えたのか、色とりどりの小さな魚が寄ってきてビックリしました。空も海も明るく穏やかで、荒く削れた日本海とは違うなと思いました。

夕方、三人で散歩に行くと、防波堤の上を小さなカニたちが行列を作って歩いていて、幸田さんと私は大興奮。岡野さんはあまりカニが得意でないらしく、少し離れて見ていました。

夕食の時間になり、お手伝いの小母さんたちが三人分の料理をお膳に載せて部屋に運んできてくれました。その日は他の泊まり客がいなかったのに、私たちだけのためにいい小母さんが料理を作ってくれたと聞き驚きました。新潟の家では母が勤めていたため、友達が来ると自分で何もかもやらなければならなかったのに、

「岡野さんは、道場で変なことばかり言っていたけど、本当は育ちのいいお坊ちゃまだったんだ！」

と思いました。

夜になり、部屋で幸田さんと休んでいると、岡野さんが顔を出し、「腹減ったから台所に行くべ！」と言いました。幸田さんが眠っていたので、私だけ岡野さんについて行くと、家の人たちはもう寝ているようで家の中はシンと静まり返っていました。

長い廊下を通り台所に入ると綺麗に片づいていて、岡野さんが冷蔵庫の中から桃を見つけ、「これ食うべ！」と言って私に渡しました。

桃を洗っていると突然台所のドアがバタンと閉まり、その音を聞いた途端、何だか急に落ち着かなくなって、岡野さんが話しかけてくるのもうわの空で、桃を切り終え急いで部屋に戻りました。幸田さんがいつの間にか起きていたようで、

「どこに行ってたの？」と尋ねたので、

「台所で桃を剥いてたの」と私が言うと、

「ふーん？　ほんとに？」といたずらっぽい目で私の顔を覗き込みました。

「ほんとだよ！」と私はむきになって答えました。

空も海も碧く澄んだ穏やかな外房の海。岡野さんの家に一泊二日お世話になり、楽しい夏のひとときを終えました。


そして、夏の合宿を過ぎた頃から、私と岡野さんの付き合いが始まっていったような気がします。何が二人を結びつけたのか、今になっても分かりません。赤い糸が間違って絡んでしまったのか、運命のいたずらだったのか……。

秋と銀杏とリーグ戦

秋になると、弓道場の横にある大きな銀杏の木が黄色い実をつけました。同期の市川君が先輩たちのためにと銀杏の実を剥いたら、顔や手が真っ赤に腫れ上がり、大変なことになったのを思い出します。

市川君は静岡のみかん農家の息子で、最初は私と同じ小田急線で、生田にある叔父さんの家から通っていましたが、「弓道部に入ってから帰りが遅くて、叔父さんや叔母さんに迷惑をかけていてどうしようかと思っている」と悩んでいました。そんなある日、「今度、岡野先輩のアパートに居候させてもらえることになったんだ！」と嬉しそうに教えてくれました。岡野さんのアパートは東横線の都立大にあり、駅にも近かったので弓道部の人たちがよく集まっていたようです。市川君は素直な性格だったので、物怖じせず岡野さんに居候志願をしたのかも知れません。

秋になると、「リーグ戦」といって、東京都の大学が七部に分かれてリーグ形式で戦う、一年で最も重要な大会がありました。部員全員が日夜練習に励み、一年生でも中たり始めれば試合に出るチャンスが巡ってくるし、逆に、どんなに上手な先輩でも、中たらなくなれば正選手からはずされ、まさに下剋上の世界でした。弓道は、「中たり」を求めるだけではなく、その奥にある精神的な鍛練を求める「求道」のはずなのですが、学生弓道は中たりが重視され、中たらなければ試合にも出られません。技術に優れた先輩が、ある日突然中たらなくなり、どうして中たらなくなったのかも分からず、夜遅くまで弓を引き続ける姿は、傍から見ていても辛いことでした。

そんなとき、岡野さんが突如〝鬼の岡野〟に変身して、棒矢《ぼうや》（羽のついていない丈夫な矢）を振り回しながら、中たらなくて苦しんでいる先輩たちの指導を始めると、道場の空気がピンと張り詰め、息をするのも辛くなるような緊張が走るのでした。

いつもは冗談ばかり言っている岡野さんが、どうしてあんなに厳しく指導できるのか不思議でしたが、厳しい指導が終わると何ごともなかったように、みんなと肩を並べて帰っていく姿もまた不思議でした。そして、部員一丸となって試合に臨んだ結果、男子は見事二部で優勝し、一部との入れ替え戦でも勝利を収め、ついに一部昇格を果たしたのです！（女子は一部で優勝）

これは國大弓道部にとって長年待ち望んでいた悲願の快挙であり、道場内にはしばらく歓喜の渦が巻き起こっていました。

リーグ戦が終わると四年生は引退し、新しい体制で部活動が始まりました。岡野さんは引退したものの、私はまだ現役部員なのでなかなか思うように会えず、それでも時間が取れると、岡野さんには好物のプリンを作り、市川君にはきゅうりを持って都立大のアパートへ出かけて行きました。

市川君はきゅうりに味噌をつけて食べるのが大好きで、いつも喜んで食べてくれましたが、岡野さんは、弁当箱いっぱいのプリンにはいささか閉口していたようです。

三人で部屋の掃除や片づけを終えると近くの公園に出かけました。大きく傾いた冬の夕日が公園を黄金色に照らし、写真を撮ったりベンチに腰かけたり……、というと聞こえはいいのですが、岡野さんは突然私の足を引っかけて転がしたり、写真を撮る直前にねじ伏せたり、いつ何をやられるか分からなくて、緊張の連続でした。そんな私たちを、市川君は、「あははは～」と朗らかに笑って見ていました。

（市川君は卒業後、国語の先生になって書道を教えていると聞き驚きました。あまり字は上手でなかったと思うのですが……）

岡野さんの仕事

ある日、岡野さんから、

「親父から連絡がきて、もしかしたら、島根の神社に行くことになるかも知れない」

と告げられました。それを聞いた私は、

「岡野さんのことだから、島根の神社で巫女さんと仲良くなるだろう。これで私たちも終わりだな……」

と思っていました。ところがしばらくして、「島根には行かなくなった」と岡野さんが言い、結局、水道橋にあるプロボウリング協会に勤めることになったのです。その頃ボウリングは全国的に大流行で、どこの街に行ってもボウリング場があるほどでした。弓道部でもときおりボウリング大会をやり、岡野さんもかなりの腕前だったようです。

四月からプロボウリング協会の公式記録員になった岡野さんは、大会があるたびに全国を飛び回り、東京にいないことが多くなりました。ときどき、テレビでプロボウリング大会が放映されると、髪にパーマをかけ公式記録員として座っている岡野さんの姿が映っていたものです。

ほとんど東京にいない岡野さんでしたが、たまに戻ってくると、協会のある水道橋まで私が出かけて行き、岡野さんの退社時間まで近くの喫茶店で待っていました。その頃の水道橋は渋谷と違ってモダンなビルが建ち並び、喫茶店のウエイトレスさんもおしゃれで可愛くて、何だか別世界に来たような感じでした。しばらくすると岡野さんが現れ、「外に行こう」と言ってすぐ喫茶店を出て新宿に向かって歩き始めました。

水道橋は中央線沿いにあり、お濠に沿って細長い公園がずっと続いていて仕事帰りの人々がぞろぞろ歩いていました。そんな中を、髪にパーマをかけたスーツ姿の岡野さんと、子供のような私がチョロチョロ歩いて行く様子は、傍から見てどんなだったのだろうと思います。

しばらく歩いているうちに新宿も通り過ぎ、やがてどこかの住宅街に迷い込んで、西も東も分からなくなってしまい、ようやく小田急線の駅にたどり着いたときにはホッとしたものです。

そして、そのまま私は相模大野へ、岡野さんは都立大のアパートへと帰ることになり、その日のデートはそれでおしまいでした。なんとも素朴なデートでしたが、岡野さんは喫茶店とか映画館が苦手だったようです。

翌年岡野さんはプロボウリング協会を退職し、東京中央区にある神社で神主の修行をすることになりました。その神社の宮司さんは、毎朝一升の水を飲み、玄米菜食で、一年中禊《みそぎ》（水浴び）をして、いつも裸でいるという、とてもユニークな方でした。

ある日、禊の様子がテレビで放映され、丸坊主でふんどし姿の岡野さんが映っていました。真冬の禊場には薄氷が張り、とても尋常な状況ではありません。司会のタレントさんが、

「寒くないですか⁉」

と岡野さんに尋ねると、

「気持ちいいです！」

と元気よく答えていました。寒くても寒いと言わない、意地っ張りな岡野さんでした。

修行中のため電話もできず会うこともできず音信不通が続く中、「これでは島根に行ったのと同じじゃない！」と腹を立て、「いっそこのまま別れてしまおう！」と心を固めていると、岡野さんがひょっこり道場に現れました。私が知らん顔をしていると、

「何を怒っているんだ。修行中なんだから仕方ないじゃないか！」と逆に岡野さんに怒られ、「そう言われれば、そうだけど……」と納得してしまう意思の弱い私でした。

やがて修行を終えた岡野さんは、今度こそ千葉に帰って行きました。

その後、手紙を書いたり電話をしたり、休みのときは私が千葉のお家に遊びに行ったり、たまに岡野さんが東京に出てきたりしながら、私と岡野さんの付き合いは続いていきました。岡野さんは達筆で文章が明るく爽やかで、お互い結構な頻度で手紙をやり取りしたものです。

大学生活

弓道部には春と夏の年二回の合宿があり、夏は長野県湯田中の魚とし旅館、春は静岡県の三島大社で行われました。弓は、毎日引き続けていると、左手の親指のつけ根に豆ができ、その豆がつぶれると痛くて弓を握ることができなくなります。そうなる前に救急バンや包帯で保護するのですが、一人の先輩が合宿中、朝から晩まで取り憑かれたように弓を引いていたら、とうとう豆がつぶれてしまい、それでも弓を引き続けていたら、ついに傷口を病院で縫ってもらわなければならないほど悪化させてしまったのです。

どうしてそこまでやるのか、やれるのか、私には信じられないことでしたが、それが青春というものなのかと思いました。

夏合宿を終えて駅に向かう途中、橋のたもとの八百屋さんでりんごを買いました。青くて小さくて、あまり美味しそうに見えなかったのですが、家に帰って食べてみたら、採れたての瑞々しさに溢れていてビックリ！　あまりに美味しくて、もっとたくさん買えばよかったと後悔しましたが、合宿帰りの大荷物を両手にぶらさげた私には、五個のりんごがやっとでした。

また食べてみたい憧れの青りんご、懐かしい思い出のりんごです。

やがて月日は流れ、あとから入ってきた後輩たちがどんどん上手くなっていく中、いつまで経っても上達しない私は、「このまま弓道部にいても仕方ないのでは？　それよりアナウンサーになれる道を探した方がいいのではないか？」と悩み、あるとき同期の仲間にその気持ちを伝えると、みんなもそれぞれ将来を考えて悩んでいたことが分かりました。部活にこれほど時間が取られたら、貴重な大学生活、他に何もできずに終わってしまいます。勉学にもっと打ち込みたいと考えている仲間もいて、「これからどうしよう、どうしたらいいのだろう……」と悩みながら月日だけが流れていきました。

悩みながらも三年生になったある日のこと、私たち五人にとって、とんでもない情報が飛び込んできたのです。それは四年生になったら五人の中から、東京都学生弓道連盟の役員を選出しなければならないということでした。役員は加盟校から順番に選出され、都学連で行われるすべての大会の運営を行います。年間通して次々と大会が行われるので、週に何回も連盟本部のある九段下の武道館に通わなければなりません。そうなると、練習にも出られず、選手として重要な人間が役員になったら部としても大きな痛手です。ということで、私が役員を引き受けることにしました。

夕方、連盟の仕事を終え武道館から飯田橋駅まで歩きながら、「このまま新宿に行って小田急線に乗れば早くアパートに帰れる……」と思う反面、試合を真近に控えて夜遅くまで練習している仲間のことを考えるとそれもできず、またノコノコと道場に戻って行く「くそ真面目な」私でした。

ある日、授業に出て行くと同級生の男の子に会いました。私の顔を見ると、

「あれ？　君まだいたの？　もう大学辞めたのかと思っていたよ」

ととても驚いた様子。

確かに受講する科目は人によって違うので、同じクラスと言っても会う機会は少ないのですが、それにしても「辞めた」と思われるほど授業に出ていなかったのかと思うとショックでした。

夜遅く帰ってお腹を空かせたまま眠り、お昼の練習に間に合うように行くのが精いっぱいだった私は、午前の科目がなかなか受講できず、四年生になっても履修科目がたくさん残っていて、学生課から呼び出しがきたほどです（真面目に履修していると、四年生になると授業はほとんど残っていないはずでした）。

「もし卒業できなかったらどうしよう。岡野さんにも親にも顔向けができない。もしそうなったら、どこかに雲隠れしなくては……」と本気で思ったものです。ようやくことの重大さに気づき、同じ講義を受けていた見知らぬ人に頼み込んでノートを借り、必死になって試験に臨んだ結果、何とか無事卒業することができました。もっと早くから勉強していればよかったのに、いつも土壇場にならないと本気にならないのが私の悪い癖

でした。

さて、次は就職を決めなくては……。

実は私は、教員になるための講義を履修し、教員免許を取得していたのです。高校の頃は母への反発から、「教員なんて、絶対になるものか！」と思っていたのですが、「取れる資格は取っておいた方がいいぞ」と岡野さんからアドバイスを受け、受講することに決めました。

そして、二、三年後に岡野さんとの結婚も考えていたので、それまで新潟に戻って親孝行したいと思い、母の勧めで新潟県の教員試験を受けたのですが、残念ながら不合格。勉強しないで受かるわけがありません。いつまで経っても同じ失敗を繰り返す情けない私でした。

ではどうしようかということで、「本当はアナウンサーになりたいと思っている」と両親に伝えると、母がとても喜び、さっそく父の知り合いの方に相談すると、東京の短波放送の方を紹介してくれました。その方に会いに行くと、話し方講座の受講を勧められ何回か通ったのですが、結局その年は短波放送ではアナウンサーの募集がないと分かり、話はそこでおしまいとなりました。

ある日、新聞を見ていると、某テレビ局の「アナウンサー募集」の広告が目に留まり、思い切って応募することにしました。

数日経って、送られてきた受験ハガキを持ってテレビ局のビルに行くと、ほんの数人しか採用しないというのに、三百人ほどの人たちが集まっていて、ビックリ仰天！　中にはすでにアナウンサーではないかと思うほど洗練された女性もいて、「こりゃ、もう駄目だ」と受ける前から諦めました。それでも順番を待っていると審査室の前に案内され、渡された原稿を見ると今まで見たこともないような熟語ばかりがズラリと並んでいて、「ああ、もっと勉強しておけばよかった」と後悔したものの、時すでに遅し。

スタジオに入って数人の審査員の前で数行の文章を読むのですが、読めない熟語ばかりで万事休す。予想通り「予選落ち」となりました。短時間で、容姿、声、教養を一度に審査するやり方は「素晴らしい！」と思いましたが、何の知識も持たずに受けてしまった自分の愚かさも思い知った経験でした。

こうして、私の「アナウンサーになりたい！」という夢は、はかなく消えてしまったのです。

就職も決まらぬまま二月に入って実家に帰り、自動車免許を取ることにしました。家のすぐ横に自動車教習所があり、名前を呼ばれてから走って行っても間に合うほどの近さで、のんびりした私にはもってこいの教習所でした。そこで中学時代の同級生にバッタリ出会い、就職先がまだ決まっていない話をすると、高田にある親戚の電気店を紹介してくれました。丁度大卒を募集していたとのことで話がとんとん拍子で進み、母も私が直江津に帰ってくることを望んでいたのか、反対しませんでした。

早く仕事に慣れた方がいいと言うので、教習所の合間を縫って電気店に通うことになりました。社長さんは、学校で使う学習機器の教材作りを私に任せたかったようですが、いくら説明を聞いても何をすればよいのか見当がつかず、

「一体私にできるのだろうか？　私でお役に立つのだろうか？」

と不安になりました。

私が高校教師⁉

そんなとき、私に一本の電話が入りました（その頃は我が家にも電話が入っていたのです）。

「栄子さんですか？」

「はい、そうです」

「実は新井の高校で半年間教師が欠員になり、教員免許を持っている人を探しているのですが、なかなか見つからず困っていまして、勤め先は決まっていますか？」

「はい、決まっています」

そう言いながら母を見ると、「いい話だ。断るな！」というような顔をしているのです。向こうの方も困っているようですぐ断ることもできず、「少し時間をください」と言って電話を終えました。帰ってきた父に相談すると父も考え込んでしまい、母だけが、「先生の仕事、受けた方がいい！」と言い続けていました。臨時で教員をやっておくと、次の試験で優先的に採用されることもあるらしく、母は私を新潟県の教員にしたかったのかも知れません。

結局、「これが親孝行になるなら……」という思いで、高校の講師を受けることにしました。電気店の社長さんに事情をお話しすると、少し残念そうでしたが快く承諾してくださいました。紹介してくれた同級生にもお詫びの連絡をするととても残念そうで、本当に申し訳ないことをしたものだと思います。

運転免許も無事取れて、父の軽自動車を借りて新井の高校に通うことになりました。朝の激しい混雑時に、国道十八号線をビュンビュン飛ばして三十分。今思うと、よく事故を起こさなかったものだと思います。

学校に着いてからがまた大変で、バックで車を止めるのがなかなか上手くできず、何回もやり直していると、教室から生徒たちが見ていて大笑い。十代後半の生徒たちと、二十代前半の私では、どっちが生徒か先生か分からない状況でした。運転も授業もおぼつかない私でしたが、年齢が近いせいもあったのか、日に日に生徒たちと打ち解けていきました。

ある日、三年生のT君が、「先生、今度先生の家に遊びに行っていいですか?」と言うので、「いいよ。どうぞ」と答えると、次の日曜日に数人の仲間を連れてやってきました。中には学校で問題視されている生徒もいて驚きましたが、話をしてみるとみんな人懐っこくて、いい子たちばかりでした。

帰り際に、「先生、バイクに乗せてやろうか?」とT君に言われビックリ!

自転車にも乗れない私が、「バイクに乗せてもらって風を切って走ったら楽しいだろうな~」と思いましたが、臨時とは言え、私は教師。「今日はやめておくよ。また今度ね」と辞退しました(T君は高校卒業後、千葉の会社に就職し、一度神社を訪れてくれたことがあります)。

高校の臨時講師の仕事もそろそろ終わりに近づいた頃、今度は小学校三年生の担任の話が舞い込んできました。

学校は直江津駅から新潟方面に三つ四つ行ったところにある、浜辺に近い学校でした。先生が腰痛で長く休んでいて、その代わりをして欲しいとのこと。教頭先生が母の知り合いだったことから、私に白羽の矢が立ったようです。担任がいなくなってから子供た

ち も寂しい思いをしていたとのことで、

「やっと、自分たちの担任が決まり、子供たちも喜びますよ」

と教頭先生が話してくれました。

十月初旬、三年生の教室に行くと、子供たちはワイワイガヤガヤ大騒ぎ。いくら「静かに！」と言っても聞きません。

私が怒れば怒るほど、男の子たちは騒ぎ出し、ついにはスカートをめくられ逆上しました。

職員室に戻って先生方にその話をすると、

「子供たちは自分たちの先生ができたことが嬉しいんですよ。スカートめくりは愛情表現ですよ」

と言われ、それから怒らないようにしていると、子供たちは徐々に落ち着きを取り戻し、私を担任として受け入れ始めてくれました。ようやく私と子供たちの間に信頼関係ができてきたと思った十月半ば、私にとって大変な出来事が起こったのです。それは、岡野さんのお母さんが急死されたことでした。

一足飛びに、結婚へ

私が大学を卒業したばかりのとき、「まだ早い！」という私の言葉を聞き入れず、岡野さんはサッと直江津にやって来て父と母に結婚の意思を伝えました。母は、寝耳に水の話にビックリ仰天！　そのときは納得しませんでしたが、岡野さんは先手先手で〝品格のあるお父さん〟や〝立派な恩師（女の先生）〟を母のもとに送り込み、あれよあれよという間に結婚の承諾をさせたのです。

そして六月に結納することを決め、仲人さんと親戚代表の叔父さんに直江津まで来ていただけるよう、段取りをしたのでした。そうなるとプライドの高い母も負けてはいられません。直江津と名立の立派な親戚の叔父さんたちに参列していただき、無事結納を済ませることができたのでした。あの母を見事に説き伏せた岡野さんのスピード対応にはあっけにとられましたが、これも「弓道部時代、試合で培った先手必勝の技なのか」と思いました。

結納は済ませたものの、母の気持ちを考えて結婚の日取りまでは決めていませんでした。

突然の義母の訃報を受け、父と母はあとから来ることにして、私だけ先に夜行列車で千葉に向かいました。

終点の上野駅で降り、連絡道を歩いていると、「斎京先生！」と呼ぶ声がして、振り向くと九月まで講師をしていた高校の男子生徒でした。聞いてみると、神奈川の夜間高校に通いながら働くことになったとのこと。学校ではほとんど口をきいたことのない生徒でしたが、思いがけないところで会えたことに感動し、励まし合いながら別れました。

義母のお葬式を終え、義父と岡野さんと私と父母で、今後のことについて話し合いになりました。岡野さんの家はこれから忙しくなるため、私に手伝いにきて欲しいとのことでした。せっかく子供たちとも慣れ始めたのに、また私がいなくなったら子供たちはどうなるんだろう……。

考えると悲しく辛く、すぐには返事ができませんでした。そんな私に、

「子供たちの先生は、お前でなくても必ず誰かいるはずだ。だが、この家の奥さんになるのはお前だ。嫁に来るなら大変なときに来て、みんなと力を合わせて頑張った方がお前のためになるんだ！」

と岡野さんは言い、十一月から千葉に来ることを約束したのでした。

直江津に戻り、両親と一緒に小学校に行き教頭先生に事情を説明していると突然涙が溢れ出し、どうすることもできませんでした。本当に子供たちに申し訳なく、しばらく泣き続けていると、

「そんなに自分を責めないで。子供たちには私から話しておくから、会わずに帰った方がいいね。子供たちは大丈夫だから、幸せになってくださいね」

と教頭先生に優しい言葉をかけられ、そのまま学校をあとにしました。いつもは文句を言う母も、このときは黙って私を見守っていました。

十一月になり千葉に移った私でしたが、子供たちのことがいつまでも頭から離れませんでした。岡野さんの家で一か月ほどいたはずなのに、その間、自分が何をしていたのか全く思い出せず、結局、何の役にも立っていなかったのではないかと思います。

十二月に入り、義母の五十日祭（仏式では七七日忌）が行われることになり、新潟の両親もやってきました。

祭儀が終わったら私も両親と新潟に帰ることになり、結婚式の日取りについて話し合いになりました。

義父が口を開きました。

「こちらでは、年明けを考えておりまして……」

それを聞いた母は、とても驚いた様子で言いました。

「いえ、嫁入り支度も何も揃えておりませんし……」

「いや、栄子さんが来てくだされば、それで結構です」

「花嫁修業もしなくてはなりませんし……」

「それも、大丈夫です」

「冬は雪も降りますし、せめて三月の下旬になれば雪も降らないかと……」

結婚はまだ数年先のつもりでいた母が、精いっぱいの譲歩をしたのですが、話はいつまで経っても平行線。後日電話で連絡を取り合うことにして、父母と私はいったん新潟に帰ることになりました。

直江津に向かう列車の中で、母は一言二言小言を言ったきり黙ってしまい、私も車窓から流れる景色を見ているしかありませんでした。気まずい空気を乗せて、列車は直江津に向かって走って行きました。

家に帰ってまもなく、岡野さんから、「結婚式は二月二日」という連絡が入りました。三月は予定が詰まっていて無理とのこと。母に伝えると、

「雪が降ると言ったのに、こっちの都合を考えてくれないのかね！」

と怒っていましたが、話はどんどん進み、結婚式は二月二日に決まりました。

仲人をしてくれる叔母さんから母に電話が入り、

「家具は栄子さんが来たときに、こちらで購入しますので、布団はそちらで準備して送ってください」

と言われ、母はブツブツ言いながらも、夫婦布団とタンスに入れる和服一式を用意してくれました。

慌ただしく月日は流れ、いよいよ私が直江津を離れる日がやってきました。

母の勧めで國學院に入学し、大学の講堂でたまたま幸田さんと前後の席になり、幸田さんが入部を断りに弓道場に行ったとき、女子部主将の井原さんに遭遇したことで私まで弓道部に入部してしまい、挙句の果てに、岡野さんと結婚することになろうとは……。人生は、何が起きるか分からないものです。

第三部　千葉での日々

岡野家に嫁ぐ

一月下旬になり、千葉に出発する日がやってきました。いよいよ直江津ともお別れです。母はまだ気持ちの整理がつかないのか、毎日のようにブツブツ小言を言っていました。

「せっかく新潟に帰ってきて教員にもなったのに、千葉なんかに行くことになって！」

「娘の晴れの門出だというのに、そんなことばかり言って……」

私は心の中で苛立ちながら、早く千葉に行く日が来ないかと思っていました。自分の幸せばかり考えて、母の悲しい気持ちを汲み取ることができなかったのです。直江津駅から一人列車に乗り、上野、秋葉原、天津へと乗り継いで行く私の荷物は、スーツケース一つだけ。その頃流行っていた『花嫁』の歌詞が自分と重なりました。

天津駅に着くと、岡野さんが車で迎えにきていました。二か月ぶりのご対面です。

狭い街中を抜け、郊外にある神社（岡野さんの家）に着くと、玄関から、「お疲れさま」という穏やかな女の人の声が聞こえてきました。仲人をしてくれる叔母さん（義父の妹）です。

玄関を上がってスーツケースを部屋に置き、長い廊下を歩いて茶の間に行くと、四月に出産を控えたお義姉さんが東京から来ていました。義父はどこかに出かけて留守のようでした。

岡野さんに「体は大丈夫か？」と聞かれたので、「ちょっと風邪気味かも知れません」と答えると、岡野さんはスッと立ち上がりどこかに消えていき、しばらくして戻ってくると、緑色の物体が載った小皿と、水の入ったコップを私の前に置きました。「これ飲めよ」「何だろう？」と思って私が見ていると、岡野さんが「アロエだよ。風邪の薬だ」と言いました。

アロエは暖かい地方に育つ多肉植物で、もともと薬を飲まない私は初めて見るアロエを口に入れる勇気がなく、じっとしていると、

「それ、風邪の薬じゃないわよ。お腹の薬よ。栄子さん、飲まない方がいいわよ」

と、お義姉さんが助け舟を出してくれました。

「いいから飲めよ！」

岡野さんがイライラしたように言ったのですが、それでも私が飲まずにいると、「それじゃ、私がいただくわ」と言って仲人の叔母さんがスッと横から手を伸ばし、あっという間にアロエを口に入れてしまったのです！

あっけにとられている私の顔に、突然、「バシャ！」とコップの水が飛んできました。岡野さんがかけたのです！

「何をするんですか！」

私は、空になったコップを持ち上げ、テーブルにドンと置きました。

母の反対を押し切ってようやくたどり着いたというのに、風邪気味の私に水をかけるとは！

悲しさと腹立たしさがこみ上げ、

「私、帰ります！」

と言ってスーツケースを取りに部屋へ向かいました。後ろから、

「哲郎、栄子さんに謝りなさい！」

という義姉さんの声が聞こえていました。部屋は玄関に一番近く、義父と義母が私

たちのために新しく建ててくれたものでした。叔母さんが追いかけてきて言いました。

「私が食べてしまってごめんなさいね。哲っちゃんも栄子さんの体を心配してやったことだから、今日は私に免じて許してあげて」

カッとなったものの、今更結婚式を取りやめるわけにいかないことは分かっていました。招待している仲間にも心配をかけるし、大勢の人に迷惑をかけ大騒ぎになるでしょう。それに、新潟に帰ったからといって母と暮らしていく自信もなく、もうあと戻りはできない……。叔母さんの計らいで一件落着となりました。

結婚式

結婚式当日になり、宿泊していたホテルから私だけ先に神社に向かいました。ホテルは神社から歩いて十分ほどのところにあり、太平洋が一望できる、新築したばかりのホテルでした。

心配していた雪も降らず両親や親戚の人たちも無事新潟から到着し、姉二人も東京と神奈川から来てくれて、昨夜は久しぶりに姉妹三人が揃いました（父と母は式の打ち合わせで神社に行き、ホテルに戻ってきたのはずいぶん遅くなってからでした）。

「明日は迎えに行けないから歩いてこいよ」と岡野さんに言われ、海沿いの道を神社に向かって歩いていると、曇り空ながらそう寒くはありません。今頃新潟はどこを向いても雪だらけなのに、ここはどうでしょう。菜の花が咲き、みかんの実がなっていて、冬とは思えない光景です。

「私はこれからここで暮らしていくのだ」と思いながら、ふと義母の言葉を思い出しました。

「神社の仕事は大変よ。でも大概のことは私がやるから、あなたは哲っちゃんの面倒だけ見てあげて！」

そう言っていた義母が急死して結婚が早まり、義母不在で慣れない神社の仕事を上手くやっていけるのか、心に不安が広がっていました。

神社に着くと、茶の間の隣りの部屋（学生のとき幸田さんと泊まった部屋）が花嫁の着替え室になっていて、地元の美容師さんに手際よく打掛を着せてもらいました。

「お前は小さいから白無垢（膨張色）にしろ」と岡野さんに言われ、打掛は白無垢に決めていました。

着つけが終わると私だけ部屋に残され、しばらく待っていましたが、いつになっても誰も来ません。静まり返った部屋の中で、椅子に腰かけじっとしていると、急に不安に襲われました。

「もしかして、このままずっと一人置き去りにされるのでは……」

得体の知れない不安に駆られていると、

「お待たせしました。写真を撮りに行きましょう～」

と言いながら美容師さんが入ってきました。あとで聞いた話によると、写真屋さんが時間を間違えたようです。

写真を撮り終え神殿で結婚式が始まりました。岡野さんの大学時代の同級生で、弓道部の主将でもあった山口さんが神官として義父と共にご奉仕してくださり、厳かに式が執り行われました。そして、いよいよ披露宴。四十八畳の広間は八十人の招待客でいっぱいでした。

「こっちのお客が多いから、お前の方はなるべく少なくしろよ」と岡野さんに言われ、親戚、友人、家族合わせて十六名に絞りました。広間には昔ながらの足高膳が並べられ、床の間の正面に仲人夫妻と岡野さんと私の四人が座り、末席に義父と新潟の両親の三人が座りました。

途中、白無垢から赤い振袖にお色直しして席に着くと、思いがけず、義妹が花束をプレゼントしてくれました。私が初めて岡野家を訪れたとき小学生だった義妹は中学生になっていて、しっかりした娘さんに成長していました。

最後のお色直しは、母が大学のとき仕立ててくれた淡い黄色地に手描き模様の中振袖を着ることにしました。黄色は私の一番好きな色でした。

司会の方が新郎に歌の指名をすると岡野さんはすぐに立ち上がり、大学時代よく歌っていた『武田節』を披露しました。

「次に新婦さん、お願いします！」

突然の司会者さんの言葉にビックリして岡野さんを見ましたが、何も言わず知らん顔。ぐずぐずしているわけにもいかず、いつも口ずさんでいた、『あなたの心に』を歌いました。ドキドキバクバク、心臓の音が聞こえるようでした。

同期の幸田さん、坂本さん、石川さん、伊藤さんも来てくれて、弓道部のみんなで大学の校歌を歌ってくれました。みんなの顔を見ていると、「ああ、もう、学生時代には戻れないんだ」という寂しさが心に広がりました。

披露宴も終わりに近づき親の挨拶になり、義父の前に新潟の父が挨拶をしました。母は最後まで結婚に反対していましたが、父は最初から賛成し、応援してくれました。

「神社に嫁ぐことは素晴らしいことだよ。哲郎さんを支えて地域の人に喜ばれるように頑張んない！（頑張りなさい）」

そう言って励ましてくれた父が、挨拶の途中から言葉に詰まり涙を流し始めました。見ると母も泣いているのです。

応援してくれた父も、嫌味なことばかり言っていた母も、本当は娘と遠く離れてしまうことが寂しいのだと分かり、私も泣きました。泣いて泣いて涙が止まらず、なんて親不孝な娘だったのかと心の中で詫びました。

【父が贈ってくれた和歌二首】
天津神　鎮もりいます　この里の　良き女人となれ　明く清く直く
うまし国　天津の神人の　美心を　情と汲みて　生きてよと念ふ

披露宴が終わる頃、チラチラ舞っていた小雪はいつの間にか雨に変わり、招待客たちが足早に帰っていく中、同期の石川君が酔っ払って歌を歌いながら騒いでいました。しばらくみんな待っていましたが、いつまで待ってもキリがなく、遅くなるからと無理矢理連れて帰っていきました。雨は次第に激しくなり、最後は土砂降りの雨になっていました。

親戚と姉たちは帰りましたが、父と母はもう一泊することになり、しばらく茶の間で義父と歓談していました。義父は神主らしく厳かで気品のある人で、義父のお陰で母も体裁を保ち、穏やかに話は進んでいきました。明日は両親も帰り、いよいよ神社の生活が始まるかと思うと急に不安になるのでした。

カーテン騒動

翌日、父と母は新潟に帰り、お義姉さんだけしばらく残ることになりました。お義姉さんは高校を卒業してから洋裁学校を出て数年前に結婚し、東京に住んでいました。結婚前に何回かお会いしたことがありましたが、上品なのに気取りがなく、素敵なお義姉さんでした。

「郁子も本当は大学に行きたかったんだろうが、家の状況を考えて諦めたんだと思う」と義父が話していましたが、高校時代、お義姉さんの成績はトップクラスだったようです。

お義姉さんが、天津にいる間に部屋のカーテンを作ってくれることになり、岡野さんと私は、生地を買いに鴨川に出かけることになりました。

鴨川市は人口三万人ほどで天津より開けていて、都会的な雰囲気がありました。賑やかな商店街を周り、一軒の家具屋さんで明るい黄緑色の生地を買い求め、家に戻ると、

「せっかくだから、レースのカーテンもつければいいじゃない」

とお義姉さんが勧めてくれたので、翌日再び鴨川に出かけました。ところが気に入ったレース生地が見つからず、そのまま館山まで足を延ばすことになったのです。館山市は天津から四十キロほど離れた、東京湾に面した城下町で、鴨川より大きな市でした。いくつかのお店を周ってみたのですが、館山でも気に入った生地が見つからず、結局鴨川に戻って買うことになりました。行ったり来たりしているうちに時間が過ぎて、家に帰る頃にはすっかり暗くなっていました。

部屋に入るとカーテンがほとんどでき上がっていて、残りの生地でクッションまで作ってあって、

「えっ！　もうできたんですか！　すごい！」

と驚く私に、お義姉さんが小さな声で囁きました。

「小母さんたちが、『身重のお姉ちゃんにカーテン作らせて、自分たちは出かけてばかりいて……』って言っていたから、気をつけた方がいいわよ」

手伝いの小母さんたちは行事のない日も来て、掃除や食事作りをしてくれていたのですが、それに甘えてはいけなかったのです。

「私は嫁なのだ。気をつけなくては……」と心に誓いました。

数日して糸が足りなくなり、今度は私の運転でお義姉さんと鴨川に出かけました。出たついでに他のお店にも寄っていたら遅くなってしまい、家に帰ると玄関で岡野さんが仁王立ちで待っていました。

「今何時だと思っているんだ！」

怒った岡野さんの顔は、まるで般若の面のようでした。

（数日後お姉さんは東京に戻り、四月に男の子を無事出産しました）

結婚二週間目の仲人

二月半ば、神社で働いている小母さんの息子さんの結婚式が行われました。義父と義母が仲人を受けていたのですが、義母が亡くなったため、結婚式当日は、私たちが代役を務めることになったのです（その頃、結婚するときには必ず仲人を立てる習わしがありました）。

新郎は高校卒業後、神奈川の会社に勤め、天津を離れていたため、一度顔合わせにきてくれましたが、新婦は仕事の都合で結婚式前日まで来られないとのことでした。

「新婦はどんな人だろう……」私はとても気になりました。

新郎が背の高い人だから、もしかしたら新婦も背が高いかも知れない……。私より一つ年上だというし、私みたいに、小さくて子供みたいな者が仲人の席に座ったら、参列者がびっくりして騒ぎ出すのではないか……などと、妄想ばかりが膨らんで、ますます不安になるのでした。

やがて結婚式前日になり、新婦と会うときがやってきました。どきどきしながら広間で待っていると、玄関に人の気配がして、広間の障子が開きました。

「初めまして！」

明るい声と共に現れた新婦は、ショートカットがよく似合う小柄な女性でした。

「ああ、よかった！」私はほっと胸をなで下ろしました。「この人となら、何とかなりそうだ」

新婦は神奈川の病院で看護師をしていて、東北出身の色白で明るい人でした。

てきぱき話を進める彼女を見て、「きっと白衣の似合う、素敵な看護師さんなんだろうな……」と思いました。

結婚式の日、私は、母が持たせてくれた黒留袖を美容師さんに着せてもらいました。こんなに早く黒留袖を着ることになろうとは、思いも寄りませんでした。

美容師さんが私の髪を梳かしながら、

「仲人さんがお嫁さんより若く見えるとおかしいから、落ち着いた髪型にしましょうね！」

と言って髪を結ってくれ、でき上がった自分の姿を鏡で見てビックリ！　鏡の中には私とは思えない落ち着いた仲人夫人が映っていたのです。

神前の式も無事終わり、披露宴が始まりました。仲人の挨拶をする岡野さんの声を聞きながら、二週間前は花嫁として座っていたのに、今は仲人として座っている自分が不思議でなりませんでした。

私が〝奥さん〟⁉

ある日、一人の小母さんが茶の間にやって来ました。小母さんはまだ若いのに落ち着いた風格があり、他の小母さんたちをしっかりまとめていました。

「旦那さま（義父のこと）、ご相談があるのですが……」

岡野さんは不在で、茶の間には義父と私の二人でした。

「はい、何でしょう？」

義父が応じると小母さんが口を開きました。

「今まで〝哲っちゃん〟（岡野さんのこと）と呼んでいましたが、結婚したのに〝哲っちゃん〟はおかしいから、これからは〝若旦那さま〟と呼ぼうと思いますが、どうでしょうか？」

「うん、そうだね」

義父が頷くと、小母さんはさらに続けました。

「それから、お嫁さん（私のこと）は何て呼べばいいですか？」

「そうだね……」

義父が考え込んでいると、小母さんが続けました。

「本当は〝若奥さん〟と呼べばいいでしょうけど、〝奥さん〟がいないのに〝若奥さん〟はおかしいから、〝奥さん〟でどうでしょうか？」

「えっ！　私が奥さん⁉」

突然の言葉に驚きましたが、余計な口出しもできず義父の言葉を待っていると、小母さんが、

「〝奥さん〟でよろしいんじゃないですか？」

とさらに念を押すように言いました。

義父も他に呼び方を思いつかなかったのか、

「そうだね……」と頷き、

「それじゃ、これから〝奥さん〟ということで」

そう言って、小母さんは茶の間から出て行きました。

「えっ！　まだ何もできない私が、お義母さんと同じ〝奥さん〟⁉」

驚いて義父を見ると、「仕方ないね……」というような顔をして黙っていました。

帰ってきた岡野さんにその話をすると、

「もう決まったんだろ？　決まったんなら仕方ないよ。いいじゃないか、〝奥さん〟で」

とあまり気にならない様子でした。

こうして、岡野さんは〝若旦那さま〟、私は〝奥さん〟と小母さんたちに呼ばれることになりました。

岡野さんは私のことを、〝おーい〟と呼んでいましたが、私は岡野さんのことを〝若旦那さま〟の「さま」を抜いて、〝若旦那〟と呼ぶことにしました。自分の旦那さんを〝若旦那〟と呼ぶのもおかしな話ですが、他に呼びようもなく仕方のないことでした。

岡野家の事情

岡野さん（以後、夫と呼びます）の家は八百年以上前から続く、神社の社家（神主の家）でした。源頼朝公の命により、伊勢神宮からご分霊された神様と共にこの地にやってきた神官が、岡野家初代のご先祖様だそうです。長い歴史を持つ家でしたが生活は決して豊かではなく、田畑をやりながら神社を護っていたようです。

夫の祖父は「哲三郎」という名で、六十三代目の「清逸（曾祖父）さん」の三男でしたが、東京に出ていたときに長兄が亡くなり、次兄もすでに親戚の婿養子となっていたため、天津に戻り神社を継いだのだそうです。

「哲三郎おじいさんは優秀な人で、東京でも活躍していたらしい。今の社殿に建て替えたのもおじいさんだというから、大したもんだよ」と夫が感心していました。祖父は器用な人でもあったようで、炭焼き小屋を自分で作り炭を焼いていたそうです。今もその炭が残っていて、岡野家で使っているようでした。

一方義父は、中学の教師をしていましたが祖父が亡くなってから神社を継ぎ、漁業婦人部が推奨する生活簡素化の一環として、神前結婚式を始めたのだそうです。

それまでの婚礼は、近所から皿や座布団を借りて自宅で行われ、三日三晩かけて財産も体力も使い果たすほど派手に行われていたそうです。義父が披露宴つき神前結婚式を始めると、安い費用で手間いらずと氏子さんたちに喜ばれ、神前結婚式が広がっていったようです。そして夫が中学生のとき、披露宴会場を造るため、古い家を壊して今の形に建て替えられたということでした。

「昔の家は茅葺屋根で、玄関がここにあって、部屋が田の字に四つあって、お風呂とトイレは別棟にあって、確かこの辺にひいばあさん（曾祖母）が寝ていたな～」と、夫が図を描きながら説明してくれました。

江戸生まれの曾祖母は、六男三女の子供を生みながら百歳近くまで生きたようで、寝ている曾祖母に、幼かった夫がいたずらをすると、

「死んだら化けて出てやる！」

と怒っていたそうです。一体どんないたずらをしていたのかと思います。

実は、夫の実母は夫が二歳になる前に肺炎で亡くなり、一つ上のお姉さんと夫は、祖母に育てられたのでした。二歳でお母さんを亡くして、どんなにか寂しかっただろうと思いますが、そのためか、子供の頃の夫はかなりやんちゃで、祖母を随分困らせたそうです。

夫の実母が亡くなった翌年には祖父が亡くなり、その翌々年には曾祖母も亡くなり、さらに、父が結核で千葉市の病院に入院。残された祖母は、二人の孫を育てながら一人で神社を護っていたそうです。先日、蔵で見つけた祖母の家計簿を開いてみると、毎月

赤字で、ときどき実家からお金を借りていた記録もありました。さぞ大変だっただろうと思いますが、それでも祖母は、「穏やかで包容力があり素晴らしいおばあちゃんだった」と義父と夫が口を揃えて言っていました。祖母も祖父と結婚するまで、教員をしていたようです。

私も大学のとき、一度廊下でお会いしたことがありますが、穏やかで優しそうな方でした。もっとゆっくりお話しできていたらよかったなと思います。祖母は夫が大学を卒業した年の十二月に亡くなりました。

一方、義父は一か八かで肺を切除する手術を受けて奇跡的に快復し、無事家に帰ることができ、夫が小学生のときに義母と再婚したのだそうです。

結婚するまで長く教員をしていた義母は地域の人たちに信望があり、結婚式を始めると適齢期を迎えた教え子たちが、次々と結婚式の申し込みにやって来たそうです。そんな忙しい中でも、義母はてきぱきと仕事をこなし、手伝いの小母さんたちをしっかりまとめていたようでした。

小母さんたちは、

「私らが出てくると、いつもその椅子（厨房の）に座ってお菓子とお茶を用意してくれてたね」

「風邪気味だと言うとすぐ薬を持ってきてくれて」

「自分は粗末な物を食べても他人にはよくしてくれれて、本当にいい奥さんだった」

と話していました。

私も大学時代、新潟に帰省する前に天津に立ち寄ったことがあり、帰る日の朝義母が車中のお弁当まで用意してくれて、驚いたことがあります。そして、

「ご両親はあなたの帰りを首を長くして待っていますよ。大学に行けるのもご両親のお陰だから、寄り道しないで早く帰ってあげなさい」

と優しく諭されました。

その義母が亡くなってしまい、これからどうしたらいいのか、何も分からないまま新しい生活が始まろうとしていました。

岡野家の常識は私の非常識⁉

岡野家にはお客様用の大玄関と住まい用の玄関があり、それぞれ西を向いて建っていました。大玄関を入ると正面に広間があり、南側の廊下を進むと住まいに繋がる渡り廊下と二階に上がる階段がありました。廊下の突き当りにはお客様用のトイレとお風呂と厨房があり、厨房の土間には煙突付きのかまどがあって、行事があると小母さんたちは薪を燃やしてご飯を炊いていました（そのせいか、厨房の天井はススで真っ黒でした！）。

住まいの玄関を入ると、廊下が奥（東）に向かって真っすぐ延びていて、左（北）側には広間に繋がる渡り廊下と家族用のトイレとお風呂が並び、右（南）側には私たちの新居と客間、お茶の間が並んでいました。廊下の突き当り（東）には土間があって、土間には小さな流し台がありましたがガス台はなく、広間の厨房が住まいの台所を兼ねているようでした。

「住まいに台所がない⁉」と知ったときはとても驚きましたが、神社やお寺ではよくあることだったようです。とは言っても、嫁いだばかりの私には、朝暗いうちに住まいから遠く離れた厨房に行って一人で朝ご飯の支度をするのは、とても心細いことでした（中学生の義妹が朝早く登校するため、のろまな私は五時半に起きないと間に合わなかったのです）。

初めの頃は小母さんたちが毎日来て、家事全般をやってくれました。炊事、洗濯、掃除、草取り、何でもやってくれる小母さんたちを見て、共稼ぎの家で育った私は驚くばかりでした。行事のない日は家族も厨房で食事をしましたが、行事があると、係の小母さんが家族の分を茶の間に運んでくれて、食べ終わるとまた取りに来てくれました。嫁の私がそれに甘えていていいのか気になり、夫に相談すると、

「それなら、厨房に行って洗って来ればいいじゃないか」

と言うので、食べ終わった食器を厨房に持って行って洗うことにしました。けれど、小母さんたちが一日の疲れを取りながらゆっくり食事をしているところで、私がバタバタ動き回っていたら、それも迷惑になるのではないかと思うと、洗う方がいいのか洗わ

ない方がいいのかまたまた悩んでしまう優柔不断な私でした。

小母さんたちは、出社してくると厨房から出入りしていました。厨房の入り口は中からしんばり棒で閉めてあり、小母さんたちが来る前に渡り廊下と広間をぐるっと周って、しんばり棒を外しておかなければなりません。毎日グルグル周るのが面倒で、

「外鍵があれば、住まいの裏から出てすぐ開け閉めできるのに……」

と思いながら、他の出入り口を見てみると、なんと家中どの出入り口にも外鍵が付いていないことに気が付いたのです。驚いた私が、

「外鍵がなくて、留守にするときはどうするのですか？」

と夫に尋ねると、

「この家は留守になるときがないんだよ」

「家族みんなで出かけることはないんですか？」

「ないね」

「ええっ⁉」

新潟の家では昼間はいつも留守だったし、夏休みには家族で旅行に出かけたし、鍵は

家族にとってなくてはならない必需品だったのに！（それでも泥棒に二回入られましたが……）

「岡野家には外鍵がない⁉」

私にとって信じられない「岡野家の常識」でした。

常春の房州と言っても、二月は房州で一番寒い季節です。岡野家の茶の間には炬燵と火鉢はありましたが他の暖房器具はなく、寒がりの私は、綿入れ半纏を着てキルティングの巻きスカートを履いて寒さをしのいでいました。小母さんたちに、

「奥さんは雪国の人なのに、寒がりなんですね～」

と笑われましたが、私は、

「いえいえ、ここの家は新潟より寒いです！」

と心の中で答えていました。

ある日、義父が外出用のコートを着ているので、

「お父さん、どこかへお出かけですか？」と尋ねると、

「いや、どこにも行かないよ。寒いから着ているんだよ」と答えたのでビックリ！

「お父さんも本当は寒かったんだ！」

翌年、岡野家にストーブが購入され、寒がりの私もホッと一安心でした。

あるとき、義父と夫が泊まりがけで出かけることになり、私一人では心細いので小母さんに泊まってもらうことになりました。小母さんと二人で寝ていると、朝まだ暗いというのに、玄関から「ドンドン」と戸を叩く音が聞こえ、何ごとかと思ったら、漁師の人がお札を受けにきたのです。

「漁師は、夕方寝て夜中に起きるから、朝早いのは何とも思わないんですよ」

小母さんの説明を聞いて、「なるほど」と思ったものの、「小母さんがいてくれてよかった！」と思いました。

天津の町

神社は天津の町はずれ（東）にあり、周囲は見渡す限り山と田んぼに囲まれていました。夫が学校に通う頃は街灯もなく、日が暮れると道と田んぼの区別がつかなくなるほど真っ暗だったそうです。ときおり、近くの山裾にキツネ火が出て、

「眉に唾をつけて騙されないようにしたもんだ」

と昔から働きにきている小母さんが教えてくれました。

それでも、町の中心に行けばお店も多く、少し前まで、「天津の漁獲高で築地の魚の値が決まる」と言われるほど漁業で栄えていたようです。旅船も立ち寄り、漁港近くの街には歓楽街の名残りもありました。

ある日、文房具が欲しくて、天津の駅近くのお店まで出かけました。神社からだいぶ離れている解放感もあって、店内をのんびり周っていると、店のおじさんに声をかけられました。

「見慣れないけど、どこの方?」

「最近結婚して、天津に来ました」

「どこから来たの?」

「新潟です」

「あ、じゃあ、神社のお嫁さん?」

「はい⁉」

答えながら、ドキッとしました。

「こんなに離れたところの人も、神社の嫁が新潟から来たことを知っているんだ！」

驚いた私は、急いで買い物を済ませ店をあとにしました。「田舎の情報網はすごい」と聞いたことはありましたが、天津の町も例外ではなかったようです。


天津の道路は狭く、車がすれ違うのもやっとです。車のない時代から住んでいるお年寄りは、車のことなどお構いなしに突然道路を横断するので、とてもスピードは出せません。そんな狭い道の両脇にびっしり家が建ち並び、その中に八百屋、魚屋、肉屋、酒屋、雑貨店が点在していました。

ある日、食材を求めて買い物に出かけ、自転車に乗れない私は海岸の空き地に車を止め、歩いて店を周ることにしました。一軒の店に入ると、野菜や果物、お菓子、雑貨、乾物などが奥までびっしり並んでいて、地元の人たちが買い物をしていました。

突然一人のお客さんが、

「これちょうだい！」

と大声を出し、買いたい品物をお店の人に差し出しました。すると、

「あいよ！」

とお店の人が品物を受け取り袋に入れ、お金と引き換えにお客さんに渡していました。

「なるほど！　そうすればいいんだ！」

と思った私は、

「これちょうだい！」

と大きな声を出そうと思ったのですが思っただけで声が出ず、あとから来たお客さんたちに次々と先を越されてしまいました。

タイミングを失った私がまごまごしていると、一人のお客さんが私を指さし、大声で、

「この人、やってあげて！」

と言ってくれて、その声でお店の人が私に気づき、無事買い物をすることができたのです。それからは、私が行くと、お店の人の方から声をかけてくれるようになりました。

漁師町の人たちは威勢がよく一見怖そうに見えるけど、本当は親切な人たちなのだと思いました。

商店街のはずれに小さな肉屋さんがあり、若いご夫婦が店番をしていました。話してみると、奥さんは九州からお嫁にきたと知り、年も近いし境遇も似ているので買い物に行くたびに話をするのが楽しみでした。

やがて、鴨川にスーパーができると天津のお店も減っていき、いつの間にかお肉屋さんも閉店して、奥さんの故郷にご夫婦で戻ったことを、風の噂で知りました。

お手伝いの小母さんたち

神社には近所から十一人の小母さんたちが働きにきていました。昔から畑やお勝手の手伝いに来ていた家もあったようですが、結婚式を始めるときにさらに集められたようです。その中の若い小母さんたちは義母の教え子でした。小母さんたちは調理係と接客係に分かれ、調理係は年配の小母さん六人が、接客係は若い小母さん五人が担当していました。

結婚式を始めた頃は、板前さんが料理を作っていたそうですが、その方が引退してからは、小母さんたちが作るようになったのだそうです。

結婚式が午前・午後と二組ある日は、一組終わると急いで広間を片づけ、神前の式が終わるまでに、次の披露宴の席を整えなければなりません。

接客係の小母さんたちは袖にたすき掛けをして、着物の裾をまくり上げ、料理の載ったお膳を一度に三つも四つも重ねて運んでいましたが、私にはとても重くて、せいぜい二つがやっと。

「奥さん、無理しなくていいですよ」と声かけしてくれましたが、小母さん同士は競争心があるようで、力のなさそうな小母さんも必死になって運んでいました。

時間がなくなってくると、小母さんたちの声も荒くなり、

「はよ、しらっせよ！（早くしなさいよ）」

「そんじゃ、ねえよ！（それじゃないよ）」

と房州弁が飛び交い、まるでケンカをしているように聞こえてハラハラドキドキしたものです（本当にケンカが始まることもありました）。

宴会が終わると小母さんたちはようやく一段落。ゆっくりお茶を飲みながら世間話に花を咲かせ、それからもう一踏ん張り頑張って片づけを終わらせると、家中の雑巾がけ

を始めました。厨房や広間だけでなく住まいもふいてくれて、お陰で廊下はいつもピカピカ！　時間のあるときは茶の間の天井までふき上げる小母さんがいて驚きました。住まいのゴミもバケツに入れておくと小母さんが捨ててくれ、境内の掃き掃除も神社の掃除もすべてやって、ときにはトイレに溜まったおしっこを桶に汲んで、担ぎ棒でエッサエッサと畑に運んで行く小母さんたちの姿に、「ビックリ仰天！」したものです。

ある朝、洗濯物を干していると、一人の小母さんがやってきました。

「お早うございます！」

私が挨拶すると、小母さんが返事もそこそこに近づいてきて慌てたように言いました。

「奥さん、洗濯物を北向きに干しちゃ駄目ですよ！」

「えっ？　北向きですか？」

「そう、ほら、白衣が北向きになっています！」

見ると、義父と夫の白衣の前身ごろが北向きに干してありました。以前、小母さんたちが白衣の袖を竿に通して干していたので、私も真似をしてやってみたのですが、北向きが悪いとは知らず、前身ごろを神社に向けて干していたのです。

「北向きは縁起が悪いから、この辺の人は嫌うんですよ」

そう言って、小母さんは厨房に入っていきました。

「神社の奥さんがそんなことも知らないなんて……」と、無知な自分が恥ずかしくなりました。

他にも、「洗濯物を干すときは裏返しにして干し、畳むとき表に戻すと、虫が入り込んでいても気付けること」や、「干す前に洗濯物を強く振って皺を伸ばし、一度きちんと畳んでから干すと皺が伸びること」などを教えてもらいました。確かに、小母さんたちが畳んだ洗濯物は、アイロンをかけたのではないかと思うほどピシッと皺が伸びていて驚いたものです。


また、小母さんたちは料理上手が揃っていて、どうしてこんなものまで作れるのかと思うほど何でも作っていました。野菜の切り方にも工夫があり、いつ、どこで誰に習ったのかと不思議に思うほどでした。

房州は冬でもほとんど雪が降らないため、一年中作物を作ることができ、小母さんたちは競うように色々な野菜を作っていました。じゃがいも、玉ネギ、さつまいも、トマト、きゅうりはもちろんのことセロリやオクラ、ラッキョウ、胡麻まで作っていてビックリしました。また小母さんたちの作った野菜は、甘くて瑞々しくて買ったものとは比べ物にならない美味しさでした。

小母さんたちの中に、青森出身の小母さんがいました。無口で朴訥《ぼくとつ》として、最初はとっつきにくい感じでしたが（訛りがあるので、しゃべらなかったようです）、学校に通えなかったため読み書きは苦手のようでしたが、畑仕事がとても上手で小母さんたちにも一目置かれ、神社の畑を一手に任されていました。春になると裏山から筍を掘ってきて平釜で茹で、秋になると庭の柿の木に登って柿の実を収穫するのが小柄な小母さんの役目でした。東北なまりの小母さんの言葉を聞いていると、素朴で温かみがあってホッとしたものです。

もう一人の小母さんも口数は少ないのですが、とても器用で頭のいい人でした。編み物が得意でいつも毛糸の目を数えていたせいか皿を数えるのも正確で（私は間違えてばかり）、キャベツの千切りもとても上手く、丸のままのキャベツを端からサクサク刻んで、あっという間に細い千切りの山ができ上がってしまうのでした。

他に、〝掃除博士〟と呼ばれる、徹底的に掃除をしないと気が済まない潔癖症の小母さんや、いつも変わった料理を作ってくれる料理好きな小母さんもいたし、ご主人を戦争で亡くし魚の行商をしながら子供たちを育てたという最年長の小母さんの煮魚と胡麻だれの味は、格別でした。

また、子供の頃、東京から天津の親戚に預けられ、そのまま天津に住み着いたという小母さんは、痩せた体で畑も田んぼもやりこなし、まつ毛が長く大きな瞳が印象的でした。

他にも、器用でセンスがあって何でもできるのに控えめな小母さんや、体は弱いけど、真面目で謙虚で頼んだことは忠実にやってくれる小母さん、明るく親切でお人好しな小母さんや、山のお祭りになると二百段以上ある急な石段を、赤飯の入ったお櫃を背負って何回も行ったり来たりしてくれる小母さんなど、色んな小母さんがいましたが、その中でも、ひときわオールマイティな小母さんがいました。

小母さんは、お正月になると蒲鉾以外のおせち（伊達巻、栗きんとん、黒豆、数の子、田作り、昆布巻き、お煮しめ、紅白なます）をすべて手作りして家族や近所の人に振る舞い、夏にはお祭りの浴衣を何枚も縫い上げ、着物の着つけもできて、踊りも上手、話も上手、頭もよく記憶力抜群で、おしゃべりしていたかと思ったら、いつの間にか仕事が終わっていて、「まさに『手八丁、口八丁』という言葉は、小母さんのためにあったのか⁉」と思うほどでした。

二月から四月にかけて、鴨川の各地区から、太々講《だいだいこう》という講中《こうじゅう》が順番にやってきて、ご祈祷を済ませると広間で賑やかに直会《なおらい》（宴会）をやっていました。

また、四月五月になると、船橋方面から海苔漁師の団体がお参りにきて、一泊していく行事がありました。何日かに分かれて来るのですが、昔は神社の布団だけでは間に合わず、小母さんたちが自分の家の布団をリヤカーで運んで来ていたそうです。

七月になると町内の神社で夏祭りが行われ、小母さんが朝早く来て三十人分の料理を作り、食器と一緒に自転車に積んで、街中《なか》の神社まで運んで行きました。

祭典が終わると小母さんたちも義父や夫と一緒に戻ってきて、私が茹でた素麺を食べるのですが、料理上手な小母さんたちが食べるのかと思うと心底緊張したものです。

田植えや稲刈りも、小母さんたちが総動員でやってくれましたが、田植えは特に、一年で一番大事な農作業のようで、近くの農家の方も手伝いにきて、まるでお祭りのような騒ぎでした。お昼には、カツオの刺身、トンカツ、酢の物、筍と蕗の煮物、イチゴなど御馳走が並び、料理作りは、昔、魚の行商をしていたという最年長の小母さんが担当し、私と体の弱い小母さんが配膳係を担当しました。田植えはかなりきつい仕事らしく、自分の家にも田んぼを持っている小母さんは、

「できるもんなら田んぼ仕事なんかやりたくねえ！」

とぼやいていました。

秋の稲刈りが終わると、ござの上にモミを広げて干す作業があり、私も手伝ったことがありますが、「小母さんの言う通り、農業ってホントに大変だな……」と思ったものです。

十月の十六日は当社の例大祭があり、小母さんたちはお客様に提供する料理を前日から用意していました。寿司用のおぼろも手作りしていてどうやって作るのかと思ったら、魚を丸ごと茹でて身を細かくほぐし、お砂糖や塩で味つけするのです。細い骨を綺麗に取り除くのがなかなか根気のいる仕事で、老眼の小母さんたちには小さな骨が見えづらいらしく、私にその係が回ってきました。

十一月は結婚式と七五三のお祝いがあり、十二月は忘年会。それもすべて終えて、いよいよ大掃除の日になると小母さんたちは、切り出した笹を束にして軒下や天井のすす払いをし、広間のガラス戸を拭いて厨房の換気扇を洗い、畳も床も綺麗に磨いて、広間

の障子張りまで手早く済ませ、そんな小母さんたちを見ていると、「まさに小母さんたちはスーパーウーマンだ!!」と思いました。

民宿あれこれ

「夏は結婚式がなく、小母さんたちが暇になるから」と、数年前から義母が始めた夏季民宿。

初めの頃は親戚やその知り合いが利用する程度でしたが、その方々の紹介で、会社の慰安旅行が来るようになり、そのうち、その子供さんが所属する野球チームが合宿に来て、やがて他のスポーツ少年団やボーイスカウトなど、子供たちの合宿が増えていきました。

部屋も足りなくなり、毎年のように増築して、お風呂も大きめの浴室を二つ増設し、ついでに住まいにも台所や部屋を造っているうちに建物がどんどん大きくなって廊下が迷路のように延びていきました。

宿泊客も増え、あっちにこっちに料理を運んでいく小母さんたちはてんてこ舞い。そんなとき、小母さんの中にも自分の家で民宿を始める人が出て、残された小母さんたちの負担がますます大きくなっていきました。特に、お盆や夏祭りのときは自分の家にも来客があり、小母さんたちは料理を作り終えると、「あとは奥さんお願いします」と帰ってしまうこともありました。私も、家族の世話や神社の用事があって民宿にかかり切りになれず、小母さんたちと話し合って、夏祭りとお盆の間は民宿を休むことにしました。

お盆になると街には観光客が溢れ道路も渋滞して、宿泊施設はどこもかしこも満員御礼状態です。こんなときに休むなんて勿体ない話なのでしょうが、小母さんたちが来れないのだから仕方ありません。私も、ご先祖様を迎える準備があったり慰霊祭があったり、親戚の人が来たりと、民宿がなくても十分忙しく過ごしていました。

毎年お盆の夕方近くなると、必ず突然の電話がかかってきます。

「今日、お部屋空いていませんか?」

「空いてません」とスパッと断ればいいのですが、つい可哀想になり、「素泊まりでよければ……」と受けてしまうのが私の欠点でした。

その年もそんな電話が入り、一、二組受けてしまったところ、

「すみません、駅前で紹介されたのですが……」

「神社に行けば泊めてくれるって聞いてきました」

「あとで迎えに行くから神社で待ってるように言われて来た」

などと、次から次へと観光客がやってきて、広間はあっという間にいっぱいになってしまったのです。

素泊まりなら何とかなると思っていると、

「すみません、お茶いただけますか？」

「ビールない？」

と、声がかかり、挙句の果てに、家族の食事を作っていると、

「こっちにも何か出してよ！」

と怒り出すお客さんもいて、困ってしまいました。泊まったお客さんも、見知らぬ者同士雑魚寝させられて、あまりいい気分ではなかったと思いますが、朝になり、夫と二人で広間に行き、得意の冗談を交えて夫が挨拶をすると、固くなっていた皆さんの心が

ふっと和らいだような気がしました。

そして、このとき宿泊した方の一人が、翌年、三十人ほどの仲間を連れて神社に泊まりにきたのです。

それから毎年来てくれるようになり、縁というのは不思議なものだと思いました。

あるとき、観光課の紹介で、東京・多摩市の保育園の子供たち四十人（翌年小学校に上がる五、六歳の年代）が、十人の先生方に引率されて、二泊三日の臨海合宿にやってきました。

保育園の要望で、子供たちの食事には魚を丸ごと煮たり焼いたりして提供したのですが、小さな子供たちが文句も言わず、箸を使って上手に食べている姿には驚かされました。

夜早く寝て朝早く起きて、朝食前に近くの牧場に散歩に行き、帰ってきて朝飯を食べると磯遊びに出かけ、お昼になると、おむすびやイカ焼き、きゅうり、トマトを私と小母さんが海まで運んで行き、帰ってくるとお風呂に入ってお昼寝をし、起きたらスイカ割りをして、夜は浴衣を着てキャンプファイヤー。先生方を中心に穏やかに楽しそうに活動している子供たちを見て、保育園の対応の素晴らしさに感動したものです。

子供たちが家に帰って、楽しかった合宿の様子をお家の人に話すと、「天津ってどんなところなんだろう……」と家の人が想像を膨らませて、翌年から親子で来るようになりました。「柿の実会」「テント二分の一」「スイカと朝顔の会」など、面白いネーミングのOB会が次々誕生し、まるで神社が保育園指定の保養所になったようでした。

それから毎年来るようになった保育園ですが、毎年来ているのに六月になると必ず下見にきて、あちこち周って安全を確認し、足りないもの（トイレで使う踏み台や子供用のスリッパ、ハンガー、足ふきマットなど）を保育園から持参していました。

初めて来たときから数年過ぎた六月のことです。いつものように下見にいらした先生方にお茶を運んで行くと、一人の先生に私の目が釘づけになりました。

「あれっ？　見たことある懐かしい顔……」

「あ！　出沢さん！」「斎京さん！」

同時に叫んだ私と彼女は、何と直江津高校の同級生だったのです！　出沢さんは、ずっと保育園に勤務していたのですが、今回初めて卒園児の担任になり神社を訪れたということでした。

「千葉にお嫁に来ているとは聞いていたけど、まさかここの奥さんだったとはねえ！」

世の中、色々なことがあるものですが、こんなこともあるのかと驚いたものです。三十年ほど毎年来ていた保育園でしたが、東日本大震災の年から安全を考慮して、臨海合宿は中止となりました。

また、あるとき、知り合いの老舗旅館のご主人に頼まれて、有名な冒険家のご一行が神社に泊まることになりました。ご主人の旅館が満館だったので、神社に回してきたようです。

「そんな立派な方々を、こんなむさくるしい（？）ところに泊められません」

とお断りすると、ご主人に、

「いつもテント張って外で寝てる人たちなんだから気を遣うことないよ。こっちから刺身の船盛りを持って行くから、何も用意しなくていいよ」

と押し切られ、引き受けることになりました。

当日、少しだけ料理を用意して待っていると、冒険家のご一行様が到着しました。テレビなどで見たことのある方もいましたが初めて見る方もいて、どちらかというとちょっと強面《こわもて》のご一行様でした。

皆さん、お腹が空いていたのか、お風呂に入ってすぐ夕飯を食べるつもりだったようですが、肝心の船盛りが届かず、イライラしているご様子。私も気が気でなく、ご主人に催促の電話をすると、「今、持って行くよ〜」とのんびりした返事。

「これなら、こっちで用意すればよかった……」と後悔したものの、もう間に合いません。ようやく船盛りが届き、ご一行様も満足した様子で夕食を食べ始めました。皆さんが食事を終えて、小母さんたちが片づけを済ませ帰るときに私が厨房に行くと、

「お客さんたち、あんなに楽しみに待っていたお刺身を、あまり食べなかったんですよ」

と小母さんたちが言いました。それを聞いて、「へえ、どうしてだろう……」と思いながらも、そのまま聞き流してしまったのです。

翌朝、昨日とは違う小母さんたちが朝飯の支度にきて、いよいよ食事が始まったと思ったら、一人の小母さんが茶の間に飛んできて、

「奥さん！　お客さんに、昨夜のお刺身出してくれって言われたんですけど、どこにあるのですか？」

と言われ、私も厨房に行って冷蔵庫の中を探しましたが、どこにも見当たりません。

仕方なく、昨日来ていた小母さんに電話をすると、

「もう食べないのかと思って、みんなで分けて家に持って帰ってしまった」と言うのです。

皆さんに何と説明していいか途方に暮れながら、

「すみません、小母さんたちが処分してしまったようで……」

と謝るととても残念そうでしたが、文句も言わず神社で用意した朝食を食べてくれました。

何だかとても悪いことをしてしまったような気がして、これから海でCMの撮影をするというご一行に、サザエや伊勢海老を持って謝りに行くことにしました。けれど、海といってもどこの海か分からず、旅館のご主人のところに行き、一部始終をお話しすると、

「そんなに気を遣わなくてよかったのに～」

とニコニコしながら預かってくれました。

その後数日して新聞一面に、ご一行がビールのコマーシャルで、海を背にして砂浜に

並んでいる写真が載っていました。サザエと伊勢海老が届いたかどうかは分からないけれど、缶ビール片手にニコニコ笑っている姿を見て、「ああ、よかった！」とホッと安心した私でした。

神社の仕事と私

「神主さんの仕事って、何ですか？」と夫に聞いてみたら、

「神様をお護りし世の平安を祈り、また氏子さんや崇敬者の無事を祈ること。そして、参拝者の方々が気持ちよくお参りできるよう、境内を掃き清め整備すること」

という答えが返ってきました。夫は毎朝社殿を開け、お日供祭《にっくさい》を行っています。

以前は、夏になると「御幣《ごへい》」の竹を山から切り出し、使う大きさに割って平釜で茹でて、乾くまで（よく乾かさないとカビが生えるので）何日も参道に広げて干していました。

木札も紙札も、スクリーン印刷や版画のように一枚一枚刷るやり方だったので手間がかかり、夏祭りが終わると、夫がせっせせっせとお札を刷っていたものです。また、田

んぼの水路掃除や境内の整備、草刈り、木の伐採など外作業も限りなくあって、暇かと思った神主さんも結構忙しいのでした。

義父は二十数社の神社の宮司を兼務していたため、新年祭、祈年祭、夏祭り、秋祭り、新嘗祭と、一年を通して祭事が続き、夫と二人で出かけていきました。

また義父は、地域で色々な役職も受けていたので会議に出席することも多く、夫が天津に戻ってくるまでは、毎日夜なべで結婚式の席札や席次表を書いていたそうです。その上、ボーイスカウトの隊長もやっていたというのですから、「お父さんも穏やかそうに見えるけど、本当は情熱と行動力を持ち合わせた人だったんだな」と思いました。

町はずれの一軒家だった岡野家の周りにも十軒近くの家が建ち並び、町内会に新しい組として参加することになりました。組長の役が回ってくると町内会議に出席しなければならず、神主さんが町内会議に出るのはまずいということで、私がその役を務めることになりました。会議は集落が密集した海辺近くの集会所で行われ、そこには駐車場がないため、自転車に乗れない私は車を離れたところに止めて歩いて行くしかありませんでした（雨が降ると夫が送ってくれましたが）。

会議は夜七時から開かれることが多く、夕飯の片づけや子供たちの世話もある中、夜出かけるのは私にとって大変なことでした。

また、私が嫁いだ頃は、近所で入院した人がいると病院までお見舞いに行く習わしが残っていて、初対面の方のところへ、緊張しながらお見舞いに出かけたものです。私も戸惑いましたが、見たこともない私に突然見舞いにこられた方も戸惑っていたのではないかと思います。

生活簡素化で始めた結婚式も、時代の流れと共にホテルで披露宴をする人たちが増えていき、神社の結婚式はだんだん少なくなっていきました。それでも、初節句祝い（女の子は三月、男の子は五月）や七五三、新年会、忘年会などもあり、料理もお客様の要望で品数を増やし、小母さんたちも相変わらず忙しく働いていました。

神社で車の運転ができるのは夫と私だけだったので、吸い物のハマグリやデザートのパイナップルを私が取りに行き、結婚式が始まると社殿で太鼓叩きをやり、そのうちカラオケが流行り出すと宴会中の器械の操作もやることになり、合間を縫って会計や家族の食事の世話もあり、私の仕事はどんどん増えていきました。

「奥さんは綺麗な着物着て、ニコニコ座っていればいいんですよ」と言う小母さんもいましたが、小母さんたちが忙しく働いているのに私がのんびりしているわけにはいかず、あちこち動き回っていました。

あるとき、おむつを洗ってから厨房に行き、

「すみません、おむつを洗っていたもので」

と言うと、弁解がましく聞こえたのか、

「私らのときは、朝早く起きて家族が寝ている間に洗濯したよね」

「アイサ、昔は洗濯機もなかったし、今の人は幸せだよ」

と言われてしまいました。

私も自分なりに頑張っているつもりだったのに、小母さんたちから見ると、まだまだ足りなかったようです。

やがて、結婚式の祭員（助手）をしていたおじいさんを私が送って行くことになり、早く神社に戻りたい私は、鴨川のおじいさんの家まで往復四十分の道のりを、車をビュンビュン飛ばして行ったものです。おじいさんは黙って座席に座っていましたが、あとで周りの人に、「奥さんはスピード狂だ」と漏らしていたそうです。

年もいよいよ押し迫り大掃除を終えると、小母さんたちは自分の家の正月の準備のため、年明けまでお休みとなりました。そうは言っても、お正月の新年会が元旦からずっと続くため、年内のうちに献立を決め準備しなければなりません。それぞれの宴会の人数を割り出し、食材の量を計算して注文し、食材が届いたら冷凍庫や冷蔵庫に振り分けるのも私の役目になりました。

大晦日になると、夜中から参拝客に振る舞う甘酒を準備し、元日は朝六時からの祭事のあと、役員さんたちが広間に上がり直会《なおらい》を行うのですが、小母さんたちはまだ出社していないので、私が接待しなければなりません。その間に親戚の方が新年の挨拶に見えたり、巫女さんや家族にお雑煮を作ったり、子供たちが小さいときは、起きて泣き出さないかとヒヤヒヤしたものです。

朝七時になり、小母さんたちが出てくるとホッと一安心。でも、それからが正月本番の始まりでした。

元旦から毎日宴会が続き「あ～あ、テレビ映画の『奥さまは魔女』みたいに、鼻をヒクヒクさせて食器を片づけられたらいいのに……」と本気で思ったものです。

一月も半ばを過ぎ、ようやく明日は宴会もなく小母さんたちも久しぶりのお休みという日、

「いいな、小母さんたちは休みがあって……」

と私がぼやくと、

「奥さんはここの奥さんだもの仕方ないっぺ～！」

と言われてしまいました。

一月十五日は小正月と言って、嫁に行った娘が実家に帰れる日なのに、「おまん（お前）は帰ってこれないのかね……」と電話口で母が嘆いていましたが、一月十五日は私の誕生日なのに毎年兼務社の新年祭があり、義父と夫はお出かけ。その間にお札を受けにくる方もいて、家を空けることもできませんでした。

「やりたいこともできず、行きたいところにも行けず一生こんな生活が続くのだろうか……」と自分の運命を恨んだこともあります。「ああ、お義母さんが生きていてくれたら……」と何度思ったことでしょう。

結婚する前、夫に連れて行ってもらった白砂《しろさ》の海岸も遥か遠いものになってしまい、

「田舎でのんびり暮らそう～」と言っていた夫の言葉は一体何だったのか……。

　嫁いだ頃は、外に出れば毎日のように蛇に出会い、ときには裏口を開けた途端すぐそばにいて、「ギャ！」と叫ぶと、「お前の声の方がビックリする。昔は天井から蛇が落ちてきたものだ」と益々私が不安になるようなことを言う夫。夫は結婚してから人が変わったようにいちいち私に干渉し、

「茶色い服は着るな。Gパンは履くな。軟弱な歌は歌うな。不満そうな顔はするな。姿勢をよくしろ。早くしろ。早くしろ」

とまあ、うるさい夫に大変身。買い物に行っても、「俺は荷物は持たないぞ！」と手ぶらでスタスタ先に行き、亭主関白ぶりを発揮していました。


　しばらくして、家の周りに田んぼがなくなると蛇との遭遇もぐっと減り、私にとっては喜ばしいことでしたが、代わりに、猿や鹿やイノシシがどんどん増えて、田んぼや畑が荒らされ、農業を続けることができなくなりました。竹林も絶えて筍が採れなくなり、夫が毎年切り出していた細い竹も山から消え、恒例だった夫の竹作業も終了となりました。

出産、子育て

結婚して半年ほど経った頃、私の小さな体に赤ちゃんが授かりました。その頃は産まれるまで男の子か女の子か分かりませんでしたが、夫は産まれる前から自信を持って、「絶対男だ！」と断言していました。

つわりもなく、赤ちゃんが大きくなるようにと一生懸命食べていたら自分がどんどん太って、足元が見えなくなるほどお腹が大きくなってしまいました。「お前が横になっていると、象が寝ているようだ」と夫に言われましたが、確かに太くなった私の足は、自分で見ても象の足そっくりでした。

二月下旬、いよいよ出産のため直江津に里帰りすることになり、途中で産まれたら困るので、夫と仲人の叔父さん二人がかりで電車で送ってくれました。夫は、「もし女だったら天津に帰って来なくていいぞ〜」と冗談とも本気ともつかないことを言っていましたが、その頃の私はまだ純情（？）だったので、「男の子でなかったらどうしよう……」と本気で悩んだものです。

昭和五十一年四月、夫の予想通り男の子が産まれ、夫は車に鯉のぼりの旗を立て、喜び勇んで直江津にやってきました。産まれた赤ちゃんは夫そっくりで、同じ顔が大小二つ揃ったみたいで不思議な感じでした。

微弱陣痛だったためなかなか産まれず、鉗子分娩でお医者さんが引っ張り出してくれました。赤ちゃんの体重は三千二百グラム、その頃としては小さい方でしたが、

「骨盤が小さいんだから、今度産むときはもっと小さく産みなさい」

と言われました。

無事退院して産後二十八日も過ぎ体力も回復した私は、勤めている母の代わりに夕飯を作ることになりました。赤ちゃんは、昼間は大人しく寝ていましたが、夕飯の支度をする頃からぐずり始め、そんなときは父が抱っこして子守歌を歌ってくれました。

母も、仕事から帰ってくるとお風呂に入れたり抱っこしたり、あんなにヒステリックだった母とは思えないほど穏やかで嬉しそうでした。

六月になり、長男と私は千葉に帰ることになりました。夫が車で迎えにきてくれて、両親もつき添って天津に向かいました。四か月間支えてくれた両親と別れるのは悲しい

ことでしたが、今思うと里帰り出産しているときが、母との生活の中で一番穏やかで幸せな時間だったような気がします。

「天津に帰ったら子育て中心の生活ができる」と思っていたら、それはとんだ間違いで、想像を絶する忙しさが私を待っていました。嫁いだ頃は毎日来ていた小母さんたちも、行事以外の日は、特別頼まないと来なくなっていたのです。今日は忙しそうだからと思って小母さんを頼んでも案外暇だったり、もう大丈夫だろうと思って帰ってもらうと来客があったりと、なかなか思った通りにはいかないのでした。

おむつを替えていると玄関にお客さんが来たり、おんぶしてようやく寝たから下ろそうと思っていると電話がきて、下ろすタイミングを失ってしまったり。

一度など、「木渡り」とかいう蛇が部屋に迷い込み、長男を抱えたままどうしていいか分からず、パニックになったこともあります。幸い、すぐ近くで大工さんが仕事をしていたので、頼んで捕まえてもらいました。

産まれるまでは大きなお腹を持て余し、「早く産まれないかな……」と思っていたのに、産まれたら、おっぱいだ、おむつだ、お風呂だ、なんだかんだと忙しく、その上今までと変わらない仕事が待っていて、どうしたらいいのか分からず、泣きたくなることもありました。

夜になるとボーイスカウトの会議があり、義父と夫が出席するため私が電話番をしなければならず、会議に来ている人に電話が入ったり、逆に電話をかけに来る人もいたりするので、長男をお風呂に入れることもできませんでした（お風呂の近くに電話があり、脱衣所も狭かったため、赤ちゃんを置けなかったのです）。

そんなことをしているうちに、二人目が宿り、長男と一歳七か月離れて、翌年の十一月に女の子が誕生しました。

出産のときには新潟から父と母が手伝いにきてくれて、私が入院している間長男の世話をしてくれました。その後いったん帰ったものの、父は忙しい私の体を心配して、まだ働いていた母を退職させ、父自身も公民館長を辞職して翌年の四月から私の手伝いにきてくれました。

そして、四、五年の間、父の愛車、スバルＲⅡという軽自動車に乗って、直江津と天津を行ったり来たりしながら私を助けてくれたのです。

まだ高速道路もない時代、新潟と長野の県境の碓氷峠はかなりの難所、朝四時に出て夕方四時に着くまで、運転している父も助手席に乗っている母も、さぞかし大変だっただろうと思います。コンビニも道の駅もなく、トイレに行くのも一苦労だったのではないかと思うと、改めて父と母への感謝の気持ちがこみ上げてきます。

父は長男と遊び、母は私の代わりに家事をしてくれました。直江津では教師として活躍していたのに、天津では三角巾をかぶり割烹着を着て家事に追われる日々。プライドの高い母としては複雑な思いもあったと思いますが、孫のため娘のためによく働いてくれました。

そして、二層式の洗濯機では能率が悪いと言って全自動を買ってくれて、広間にエアコンがないのは困るだろうと言って寄贈してくれて、それに対してそれほど深い感謝の気持ちも持たずにいたことを、今になって申し訳なかったと思っています。

昭和五十七年五月、三人目の子供、次男が産まれました。夫は「子供は五人！」と呑気なことを言っていましたが、忙しい生活の中で三人産むのが私には精いっぱいでした。

娘が産まれるときは長男のときと違って、陣痛がみるみるやってきて、あまりの痛さに大騒ぎしていると、

「岡野さん、あなた二人目なんでしょ！　そんなに騒がないで！」

と看護師さんに注意され、次男のときはなるべく声を出さずに我慢していたら、夕方周ってきたお医者さんに、

「この分だと明日かな？」

と言われ、

「えっ？　こんなに痛いのに、明日まで我慢するなんてとんでもない！」

と騒ぎ始めたら、それから一時間ほどで次男が産まれました。長女は三千五十グラム、次男は長男と同じ三千二百グラムでした。

いったん新潟に帰っていた父と母は、次男を出産するときも手伝いにきてくれました。父は長男や長女の幼稚園、保育園の送迎や、雨が降ったときには小母さんたちの送迎もしてくれ、田植えや稲刈りも手伝って、小母さんたちに、「直江津のおじいちゃん！」と親しまれていました。

義父は整った顔立ちで品格があり、実父は丸顔で目は細く髪も薄く、「旦那様は神様で、直江津のおじいちゃんは仏様だね！」と小母さんたちに言われたものです。

まもなく両親も直江津に帰り、また忙しい日々が始まりました。保育園や幼稚園の送迎も、義父と夫が不在のときは外鍵がないため中から玄関の鍵をかけ、裏口から出てい

くと来客が来ていてあわてて裏に回って玄関の鍵を開けたり、本当に慌ただしい生活でした。

やがて、子供たちも少し大きくなり、ホッと一息かと思ったら、私と夫の間で子育てを巡って意見がぶつかるようになっていきました。

私は「子供たちを褒めて育てたい」と思っていたのに、夫は「スパルタで育てよう!」と心に決めていたようで、子供たちが炬燵に入って寝転んでいると、

「そんなだらけた恰好するな!」

と言って、炬燵のコードを引き抜いてしまうし、子供たちが遅刻しそうになったとき、私が送って行こうとすると、

「歩かせろ!」

と言って車の鍵を隠してしまうし、たまに外食して、子供たちが残すと、

「頼んだものは全部食え! 食わなかったら、歩いて帰れ!」

と言い、私が代わりに必死になって食べたり……。今思うと私もよく我慢したものだと思います(我慢というか、私も負けずに戦っていたような気もしますが……)。

最近になって夫が教えてくれたのですが、若い頃「子供はスパルタで育てろ!」と言

うような本を読んで感化されたのだそうです（単純な夫でした）。

今、夫は、孫たちに、「頼りになる優しい〝じいじ〟」と慕われています。夫も孫たちがとても可愛いようで、

「子供たちを育てるときもこんな風な気持ちでいたら、もっと気楽に子育てを楽しめたんだろうな……」

と言っています（もっと早く気がついてくれればよかったのに……）。

私も夫も未熟なまま親になり、いいと思ってやっていたことが却って子供たちを困らせていたような気がします。それでも子供たちは何とか無事に育って、それぞれ家庭を持って頑張ってくれています。

子供たちには「ありがとう！」と言いたいです。

私の生活

「私は一生、籠の鳥……」と思っていた私にも、外に出る機会が巡ってきました。子供

たちが学校に上がり、保護者会やＰＴＡ活動に参加していくうちに、仲良くなった仲間でママさんコーラスを結成し、学校の音楽会で歌ったり、市民音楽祭に参加したり。また、長男がボーイスカウトに入隊したのをきっかけにスカウト活動も手伝うようになり、キャンプに行ったり、ハイキングに行ったり。そんな活動を通してたくさんの人たちと出会うことができました。天津は田舎で辺鄙なところですが、「こんなに素晴らしい人たちがたくさんいたなんて！」と驚いたものです。

天津は漁師町のせいか、大きな声でポンポン冗談を言うので、初めの頃は驚いたこともありましたが、しばらくすると、みんな口は悪いけど本当は心の温かい人たちだと気づきました。「田舎は煩わしい」と思う人もいるかも知れませんが、お互い支えあって生きていくには、地域のつながりはとても大切だと思います。

「天津は何にもないけど、いいところだね」と私が言うと、「何もないところじゃない！　いいものがいっぱいある！」と夫に言い返されますが、「言葉は逆かも知れないけど、言いたいことは同じじゃないかな？」と思っています。

子供たちが学校に行くようになると、神社は土日が忙しいため、なかなか家族で出かけることはできませんでしたが、夏の民宿が終わりあと数日で二学期が始まるというギリギリのときに、直江津に里帰りするのが家族の恒例行事になりました。ほんのつかの間の里帰りでしたが、父も母も待っていてくれて、子供たちをプールや科学館に連れて行ってくれ、一度は両親も一緒に一泊旅行に出かけたことが、忘れられない思い出になっています。

子育ても一段落した頃、実父、義父が相次いで亡くなり、心にポッカリ穴が開いたようになりました。元気のない私を心配して、友人が近くのホテルで行われた花の寄せ植え講習に誘ってくれました。それまで花など育てたことのない私でしたが、鉢の中で可愛い花々が次々と咲き続ける様子にすっかり魅せられ、今までゆっくり眺めることもなかった雑草も、よく見ると小さな花をけなげに咲かせていることに気がつきました。

家の前に小さな花壇を作ってチューリップやひまわりを育てたり、境内に小さな花を植えたりして楽しんでいると、知らないうちに、花の上にドカンと庭石が置かれていてビックリ！　夫の仕業でした。

「ここに、花を植えておいたのに！」と怒ると、

「もっと分かりやすく植えておけ！」と逆切れされる始末。

夫にしてみれば、そんな軟弱な花より花木や石の方が境内に合うと思っていたようで、確かにそれもそうなのだと思います。

神社を護って日々奉仕している夫の考えを尊重して、境内には花は植えないようにしました。

それにしても常春の房州といわれるだけあって、ここは自然に恵まれたいいところだと思います。ウグイスも四季を通して鳴いていて、一度など、可愛い姿を間近で見ることができ、感動したものです。春になると蕗のとうがあちこちに頭を覗かせ、境内を周って収穫するのが楽しみになり、筍をもらうと筍ご飯を作ったり、魚をいただけばさばいて煮たり焼いたり、お刺身にしたり。小母さんたちのようには上手にできませんが、何とか処理して食べられるようになりました。

今、小母さんたちは高齢になって働きにこられなくなりましたが、不思議なご縁で出会った方々が手伝ってくださり、助かっています。

夫は、根が生えたようにほとんど毎日神社にいて、お参りにいらした方々と楽しく話をしています。夫の趣味は、境内整備と私への意地悪（?）で、腹が立つときもしょっちゅうですが、私だって頑固で気まぐれで、かなり迷惑をかけているようなので、もうお互い責め合うことを止め、補い合っていけたらと思います。今はときどき二人で温泉旅行に出かけ、旅先で出会った人と仲良くなったり、道に迷ったりしながら珍道中を楽しんでいます。

あとがき

あれから四十数年。嫁いだ頃は不安だらけの「ひ弱」だった私が、今では自他共に認めるほど心も体も逞しくなりました。初めは夫以外誰一人知り合いのいなかった町で多くの仲間と出会うことができ、今でも童謡や唱歌を歌いながら、みんなで和気あいあいとババさん（？）コーラスを続けています。

東日本大震災の年の六月から、「震災復興支援」と「地域の交流」を目的に、毎月一日に「おついたち市」を開催し、微力ですが被災地に義援金をお届けしています。

長男を可愛がってくれた実父は、平成二年の三月、七十四歳で亡くなりました。将来、天津で住みたいと言っていた父のために家を建て始めていたのですが、完成する直前に亡くなってしまいました。長男がどんな大人になるか見たかったと、病床で残念がっていたことを思い出します。

義父は平成八年五月、七十六歳で亡くなりました。倒れる直前まで神主として奉仕していた義父は、穏やかで気品があり、最後までかくしゃくとした本当に立派な人でした。

母は父が亡くなってから、冬の間天津に来て、春から秋は直江津で過ごすという二重生活を送っていましたが、八十歳を過ぎてから一年を通して天津で暮らすようになりました。本当は直江津にいたかったのでしょうが、年寄りの一人暮らしは不便だし危険なので、やむなく天津に来たようです。わがままな母のことですから、色々トラブルもありましたが、孫やひ孫に囲まれて、まあ、幸せだったのではないかと思います。母は平成二十六年七月、九十一歳で亡くなりました。前日まで一人でトイレに行き、食事も摂り（少量でしたが）、夜就寝して、そのまま目を覚ますことなく翌日息を引き取りました。負けず嫌いな母らしい最期だったと思います。

今回自分史を書いて、昔の自分の思いと同時に、父や母、義父、義母の気持ちにも少し寄り添えたような気がします。母のことも、子供の頃感じていた気持ちをそのまま書いてしまいましたが、書き進めていくうちに、母も頑張っていたのだと感じることができました。

義父も穏やかに凛として過ごしていましたが、本当は奥さんを亡くし、心の中は寂しかったのではないかと思います。その頃の私は自分の生活に精いっぱいで、義父の気持ちに気づいてあげられず、申し訳なかったなと思います。

一昨年は実父の三十三回忌にあたり、姉夫婦、次姉、私たち夫婦、子供たち夫婦、孫たち全員揃って直江津に行き法要を済ませることができました。法要後、みんなで糸魚川に一泊し、翌日弓道部の私より一つ先輩の青木さんのお店で、お昼を食べさせていただきました。青木さんは糸魚川の老舗割烹料理「鶴来家」のご主人で、数年前の糸魚川の大火でお店が全焼したのですが、まもなく焼け跡にお店を再建され、再出発されていました。弓道もまだ続けていると聞き、すごいなと思いました。

中学時代からの親友、高校や大学の友人、弓道部の先輩たちとも、交流が続いています（中学の親友は婦人警察官になって、今も剣道を続けています）。

今回、コロナ禍ですべての行事が中止となり、暇になった時間を使って「自分史を書こう！」と思い立ち、幻冬舎さんのお声がけで何とか仕上げることができたのは、本当にありがたいことです。

思うままに、つらつらと書いてきましたが、登場人物の名前は、仮名だったり実名だったりしています。どうぞご容赦ください。

尚、自分史発刊に当たり、弓道部の諸先輩、同輩、後輩の方々、和島村の同級生の皆さんに大変お世話になりました。心より感謝申し上げます。

まだまだ、書きたいことや色々な出来事がありましたが、今回はひとまずこれで、おしまいにします。

最後まで読んでいただき、ありがとうございました。皆様のもとに神明様のご加護が届きますように……。

追伸、お陰様で、家の鍵は外からかけられるようになりましたのでご安心ください。

祖父母・両親・姉二人と私

桐島小学校の同級生たちと（まん中の１番小さいのが私）

中学時代の親友と

直江津高校の友人たちと（右端が私）

國學院大学弓道部の仲間たち

結婚式の集合写真（家族・親戚・弓道部の同級生と）

長男の七つの御祝いの
家族写真

父の三十三回忌の法要のあと、糸魚川天津神社で記念撮影

[著者紹介]

おかの えいこ

1951年 1 月15日生まれ。うさぎ年。
國學院大學卒業後、一年足らずで弓道部の先輩だった
岡野哲郎と結婚。
以来48年、神社の奥さんとしての生活を送る。

えこちゃんのドタバタ人生譚《じんせいたん》

2023年12月8日　第1刷発行

著　者　　おかのえいこ
発行人　　久保田貴幸

発行元　　株式会社 幻冬舎メディアコンサルティング
〒151-0051　東京都渋谷区千駄ヶ谷4-9-7
電話　03-5411-6440（編集）

発売元　　株式会社 幻冬舎
〒151-0051　東京都渋谷区千駄ヶ谷4-9-7
電話　03-5411-6222（営業）

印刷・製本　中央精版印刷株式会社
装　丁　　立石愛

検印廃止

Printed in Japan
ISBN 978-4-344-94584-5 C0095
幻冬舎メディアコンサルティングＨＰ
https://www.gentosha-mc.com/